CB077708

República luminosa

Andrés Barba

República luminosa

tradução
Antônio Xerxenesky

todavia

Para Carmen,
que é feita de terra vermelha

Sou duas coisas que não podem ser ridículas: um selvagem e uma criança.

Paul Gauguin

Quando me perguntam das 32 crianças que perderam a vida em San Cristóbal, minha resposta varia conforme a idade do meu interlocutor. Se a pessoa tem a minha idade, respondo que compreender não é nada mais do que recompor aquilo que vimos apenas de maneira fragmentária, se é mais jovem, pergunto se acredita ou não em maus presságios. Quase sempre me respondem que não, como se acreditar nisso supusesse valorizar pouco a liberdade. Não faço mais perguntas e conto, então, a minha versão dos fatos, em parte porque é a única coisa que tenho, em parte porque seria inútil tentar convencê-los de que não se trata de apreciar a liberdade, mas de não acreditar tão ingenuamente na justiça. Se eu fosse um pouco mais enérgico ou um pouco menos covarde, começaria então a minha história sempre com a mesma frase: *Quase todo mundo tem o que merece e os maus presságios existem*. Com certeza existem.

O dia em que cheguei a San Cristóbal, hoje faz vinte e dois anos, eu era um jovem funcionário do Serviço Social de Estepí que acabava de ser promovido. No período de poucos anos, passara de um mísero formado em direito para um homem recém-casado cuja felicidade dava um ar mais charmoso do que eu teria apenas de forma natural. A vida me parecia uma simples série de adversidades relativamente fáceis de superar que acabavam numa morte que, não sei se simples, mas tão inevitável que nem valia a pena pensar nela. Não sabia, então, que a alegria era exatamente isso, a juventude, exatamente isso, e a morte, exatamente isso, e que, embora eu não estivesse essencialmente equivocado em nada, estava me equivocando em tudo. Tinha me apaixonado por uma professora de violino de San Cristóbal três anos mais velha do que eu, mãe de uma menina de nove anos. As duas se chamavam Maia e as duas tinham olhos concentrados, nariz pequeno e lábios marrons que me pareciam o ápice da beleza. Às vezes eu me sentia como se tivessem me escolhido numa assembleia secreta, tão feliz por ter caído nas suas "redes" que corri até sua casa para lhe contar quando ofereceram a possibilidade de me mudar para San Cristóbal, e a pedi em casamento no mesmo instante.

Foi-me oferecido o cargo porque dois anos antes eu tinha desenvolvido em Estepí um programa de integração de comunidades indígenas. A ideia era simples e se mostrou eficaz como programa-modelo: consistia em deixar que os aborígenes tivessem exclusividade na produção de certos produtos. Naquela cidade, optamos por laranjas e pusemos nas mãos da comunidade indígena o abastecimento de quase cinco mil pessoas. O programa estava prestes a provocar um pequeno caos na distribuição, mas finalmente a comunidade reagiu e, depois de um reajuste, conseguiu se tornar uma pequena cooperativa autossuficiente, com a qual até hoje financia boa parte de suas despesas.

O programa foi tão bem-sucedido que o governo da nação entrou em contato comigo através da Comissão de Reduções Indígenas para que eu reproduzisse o projeto com os três mil habitantes da comunidade Ñeê de San Cristóbal. Ofereceram-me uma casa e um cargo de diretor no Departamento de Serviço Social. Ainda por cima, Maia recuperou suas aulas na pequena escola de música de sua cidade natal. Ela não confessava, mas eu sabia que se entusiasmava em voltar à mesma cidade da qual teve que partir por necessidade, e que agora voltava numa situação confortável. O cargo incluía também a escolarização da menina (sempre a chamei de "a menina" e, quando me dirigia a ela diretamente, apenas "menina") e um salário que nos permitia guardar dinheiro. O que mais eu poderia pedir? Era difícil controlar a minha alegria, e pedia a Maia para que me contasse coisas sobre a selva, o rio Eré, as ruas de San Cristóbal... Enquanto ela falava, eu parecia adentrar numa vegetação espessa e sufocante na qual, de repente, encontrava um lugar paradisíaco. Talvez minha imaginação não fosse particularmente criativa, mas ninguém pode dizer que eu não era otimista.

Chegamos a San Cristóbal no dia 13 de abril de 1993. O calor úmido era muito intenso e o céu estava completamente límpido. A distância, enquanto subíamos no nosso velho furgão familiar, vi pela primeira vez a massa descomunal de água marrom do rio Eré e a selva de San Cristóbal, esse monstro verde e impenetrável. Não estava acostumado ao clima subtropical e tinha o corpo empapado de suor desde que tomamos a estrada de areia avermelhada que saía da rodovia que levava à cidade. O atordoamento de viajar a partir de Estepí (quase mil quilômetros de distância) tinha deixado meu ânimo submerso em uma espécie de melancolia. A chegada tinha ocorrido como um sonho, de início, e depois vimos a rugosidade sempre brusca da pobreza. Eu tinha me preparado para uma província pobre, mas a pobreza real se parece muito pouco com a pobreza imaginada. Ainda não sabia que a selva equipara a pobreza, a unifica e, em certo sentido, a apaga. Um prefeito dessa cidade disse que o problema de San Cristóbal é que o sórdido sempre está a um minúsculo passo do pitoresco. É literalmente verdade. Os traços das crianças Ñeê são fotogênicos demais apesar da sujeira — ou talvez graças a ela — e o clima subtropical sugere a fantasia de que há algo de inevitável em sua condição. Ou, falando de outra maneira: um homem pode lutar contra outro homem, mas não contra uma cachoeira ou uma tempestade elétrica, algo que, embora não deixe de ser verdade — como dizia aquele humorista —, é tão verdade que não serve para nada.

Mas da janela do furgão havia comprovado também outra coisa: que a pobreza de San Cristóbal podia ser despojada até os ossos. As cores eram planas, essenciais, e de um brilho enlouquecido: o verde intenso da selva colada à estrada como um muro vegetal, o vermelho reluzente da terra, o azul do céu com aquela luz que obrigava a ficar com os olhos sempre entrecerrados, o marrom compacto daqueles quatro quilômetros de uma margem a outra do rio Eré, tudo anunciava, com sinais bastante evidentes, que eu não tinha em meu patrimônio mental nada com o que comparar aquilo que estava vendo pela primeira vez.

Ao chegar à cidade, fomos à prefeitura para que nos entregassem a chave de nossa casa e um funcionário nos acompanhou no furgão para indicar o caminho. Estávamos quase chegando quando de repente vi, a menos de dois metros, um enorme cão pastor. A sensação — com certeza provocada pelo cansaço da viagem — foi quase fantasmagórica, como se, mais do que ter atravessado na frente, o cão tivesse se materializado do nada no meio da rua. Não tive tempo de frear. Agarrei o volante com todas as minhas forças, senti a pancada nas mãos e esse som que, quando você escuta uma vez, não esquece jamais: o de um corpo chocando-se contra um para-choque. Saímos, apressados. Não era um cachorro, mas uma cadela, estava ferida e arfava com uma respiração pesada, evitando nos olhar, como se estivesse com vergonha de algo.

Maia se inclinou sobre ela e passou a mão no seu dorso, um gesto que levou a cadela a responder com uma mexida do rabo. Decidimos levá-la imediatamente a algum veterinário, e enquanto fazíamos isso, no próprio furgão com o qual a atropelamos, tive a sensação de que aquele animal de rua e selvagem era ao mesmo tempo duas coisas contraditórias: um péssimo presságio e uma presença benéfica, uma amiga que me dava as boas-vindas à cidade, mas também uma mensageira que trazia uma mensagem atemorizante. Pensei que até o rosto de Maia tinha mudado desde que tínhamos chegado: por um lado havia se tornado mais comum — nunca vira *tantas* mulheres parecidas com ela — e, por outro, mais denso, sua pele parecia mais suave e também mais resistente, seu olhar mais duro, mas também menos rígido. Tinha colocado a cadela no colo e o sangue do animal começara a molhar suas calças. A menina estava no banco de trás e ficou com o olhar cravado na ferida. Cada vez que o furgão topava com um buraco, o animal se virava e emitia um gemido musical.

Costuma-se dizer que você leva San Cristóbal no sangue ou não, um clichê que as pessoas aplicam sempre à sua cidade natal em qualquer lugar do mundo, mas que aqui tem uma dimensão menos comum, e na verdade *extraordinária*. Pois é exatamente o sangue que precisa se acostumar em San Cristóbal, mudar sua temperatura e render-se ao peso da selva e do rio. O mesmo rio Eré, com seus quatro quilômetros de diâmetro, acabou parecendo a mim, em muitas ocasiões, com um grande rio de sangue, e há algumas árvores na região cuja seiva é tão escura que é quase impossível pensar nelas como vegetais. O sangue percorre tudo, *preenche* tudo. Por trás da cor verde da selva, da cor marrom do rio, da cor vermelha da terra, está sempre o sangue, um sangue que desliza e completa as coisas.

Meu batizado foi, portanto, literal. Quando chegamos ao veterinário, a cadela já estava praticamente moribunda, e, quando a tomei nos braços, percebi que fiquei impregnado no mesmo instante por uma viscosidade que se tornou escura no contato com a roupa e que tinha um repugnante odor salino. Maia insistiu para que engessassem a sua pata, deram pontos no machucado do dorso, e a cadela fechou os olhos, como se já não tivesse intenção de continuar lutando. Pareceu-me que, por trás das pálpebras cerradas, seus olhos se moviam nervosamente, como acontece quando as pessoas sonham. Tentava pensar no que ela estaria vendo, que vida de vagabunda da selva o seu cérebro estaria reproduzindo, e desejei que ficasse bem e sobrevivesse, como se boa parte de minha segurança naquele lugar dependesse disso. Eu me aproximei dela e coloquei a mão sobre o seu focinho quente, com a segurança, quase com a convicção, de que ela me entenderia e ficaria conosco.

Duas horas mais tarde, a cadela choramingava no pátio de nossa casa e a menina preparava para ela um pote de arroz e restos de comida. Sentamos juntos e falei para ela pensar num nome. Ela franziu o nariz, seu gesto natural para teatralizar a indecisão, e disse: "Moira". E assim continua se chamando enquanto dorme tantos anos depois, a poucos passos de mim, uma cadela idosa espraiada no corredor. *Moira*. Se, contra todos os prognósticos, eu enterrei já mais de metade da minha família, talvez não seja tão improvável que eu enterre a família completa. Só agora entendo a sua mensagem.

Sempre que tento lembrar como foram aqueles primeiros anos em San Cristóbal, me vem a lembrança de uma peça que costumava dar muito trabalho a Maia no violino, "A última rosa do verão", de Heinrich Wilhelm Ernst, uma espécie de tonadilha tradicional irlandesa que também foi musicada por Beethoven e Britten na qual parecem soar duas músicas ao mesmo tempo: de um lado, uma melodia um pouco sentimental e, do outro, uma demonstração impressionante de técnica. O contraste entre a selva e San Cristóbal era como o dessas duas verdades; por um lado, havia a realidade implacável demais, inumana demais da selva, por outro, uma verdade simples, talvez menos verdadeira, mas com certeza mais prática e à qual nos agarrávamos para viver.

Também não se pode dizer que San Cristóbal era uma grande surpresa: uma cidade provinciana de duzentos mil habitantes com suas famílias tradicionais (as que aqui chamam de "velhas" como se houvesse famílias mais velhas que as outras), suas tramas políticas e sua languidez subtropical. Adaptei-me melhor e mais rapidamente do que tinha previsto. Em poucos meses, já estava brigando como se fosse um local com a preguiça dos funcionários, a impunidade de alguns políticos e esses dilemas provincianos que costumam ser, por lei, herdados, distorcidos e perfeitamente insolúveis. Além de dar aulas na escola de música, Maia também ensinava algumas senhorinhas da classe endinheirada de San Cristóbal, umas moças altivas e quase sempre muito bonitas. Tinha retomado a companhia de duas ou três amigas que ficavam caladas como tumbas cada vez que eu entrava em casa, mas cujas vozes eu sempre escutava, sobrepondo-se umas às outras quando estava quase chegando. Assim como Maia, eram professoras de música clássica, todas de origem Ñeê, e haviam formado um trio de cordas com o qual apresentavam recitais na cidade e em outros povoados da província com um sucesso esmagador, não tanto porque eram boas intérpretes, mas porque ninguém mais se apresentava.

Algo que por anos a fio me parecera uma contradição engraçada do caráter de minha mulher: que ela se dedicasse à música clássica, porém só considerasse música de verdade a que se podia dançar, tornou-se perfeitamente compreensível naquele momento. A música clássica não possuía (nem para ela nem para todas aquelas pessoas que frequentavam os seus concertos) tanto a qualidade de música, mas de uma pausa. Havia sido composta seguindo critérios muito distantes e por mentes muito diferentes para ser de outra maneira, mas isso não significava que não fossem sensíveis à sua influência. Quando Maia interpretava aquelas peças, as pessoas demonstravam a mesma expressão de concentração que teriam ao escutar uma língua estrangeira particularmente sedutora, mas nem por isso menos incompreensível. Se Maia se entregava com tanta paixão a tocá-la e a ensiná-la, era, no fundo, porque a considerava distante, e porque era incapaz de se relacionar sentimentalmente com ela. Para Maia, a música clássica era algo que atuava apenas no cérebro, enquanto o resto das músicas — a cumbia, a salsa, o merengue — agia no corpo, no estômago.

As pessoas às vezes pensam que para descer ao fosso da alma humana é necessário entrar num poderoso submarino e, ao final, surpreendem-se ao se encontrarem vestidas com roupa de mergulho tentando submergir numa banheira doméstica. Acontece a mesma coisa com os lugares. Se há algo que caracteriza as cidades pequenas é que essas são tão parecidas entre si quanto percevejos: reproduzem os mesmos mecanismos de perpetuação no poder, os mesmos circuitos de legitimação e camaradagem, as mesmas dinâmicas. Também, de vez em quando, costumam gerar seus pequenos heróis locais: um músico excepcional, uma juíza de família particularmente revolucionária, ou uma mãe corajosa, mas mesmo esses pequenos heróis parecem integrados a um organismo que conta com sua rebelião para continuar se perpetuando. A vida das pequenas cidades parece tão regrada e previsível como um metrônomo, e às vezes é tão difícil pensar que é possível evitar esse destino como fazer o sol nascer no oeste. Mas é exatamente isso que acontece às vezes: o sol nasce no oeste.

Todo mundo considera o assalto ao supermercado Dakota como a origem das confusões, mas o problema começou muito antes. De onde surgiram as crianças? O documentário mais conhecido sobre o tema, o tendencioso, quando não apenas cafona, *Los chicos*, de Valeria Danas, começa com essa pomposa frase em off sobre as sangrentas imagens do supermercado. *De onde surgiram as crianças?* E, no entanto, não deixa de ser essa a grande pergunta. De onde? Se a pessoa não conhecesse a época na qual elas não estavam lá, poderia pensar que sempre percorreram nossas ruas, sujas, porém com sua estranha dignidade diminuta, com os cabelos desgrenhados e os rostos queimados do sol.

É difícil determinar em que momento o nosso olhar foi se acostumando a elas, ou se as primeiras vezes que as vimos nos provocaram alguma surpresa. Entre as muitas teorias, talvez a menos absurda seja a que Victor Cobán ofereceu em uma de suas colunas no *El Imparcial*, quando disse que as crianças chegaram "gota a gota" à cidade e, de início, confundiram-se com as crianças Ñeê que estávamos acostumados a ver vendendo orquídeas selvagens e limões nos semáforos. Algumas espécies de cupins são capazes de mudar de aparência por um tempo, assumindo a de outra espécie, para se adentrar em um ambiente que não é o seu e mostrar o seu verdadeiro aspecto só quando já estão bem estabelecidas. Talvez, também, aquelas crianças optaram — com a mesma inteligência pré-verbal dos insetos — por essa estratégia e fizeram todo o possível para se parecer com as crianças Ñeê que considerávamos familiares. Mas, mesmo se fosse assim, continuaria sem resposta a pergunta: de *onde* surgiram? E, acima de tudo: por que todas tinham entre nove e treze anos?

A tese mais simples (mas também menos provada) é que eram crianças roubadas de toda a província que uma rede de tráfico de pessoas havia reunido em uma zona da selva junto ao rio Eré. Não teria sido a primeira vez. Poucos anos antes, em 1989, resgataram sete garotas adolescentes prestes a serem "distribuídas" a bordéis de todo o país, e ainda estavam frescas na memória coletiva as fotografias que a polícia tirou delas quando foram resgatadas em uma pequena chácara em meio à selva, a apenas três quilômetros de San Cristóbal. Assim como há certos episódios na vida que não admitem que a ingenuidade se perpetue, aquela imagem tinha gerado um antes e um depois na consciência de San Cristóbal. Não se tratava apenas de admitir uma realidade social indiscutível: a vergonha que essa realidade produzia passou a integrar a consciência coletiva da maneira como alguns acontecimentos traumáticos moldam o caráter de certas famílias: silenciosamente.

Por esse motivo, supôs-se, então, que aquelas crianças haviam escapado de um "cativeiro" parecido e apareceram na cidade da noite para o dia. A tese — repito, sem base alguma — fundamentava-se naquela pouco honrável distinção de ser a primeira província com crianças roubadas de todo o país, mas tinha também a virtude de explicar essa língua supostamente "incompreensível" que falavam as 32 crianças e que então se pensava ser uma língua estrangeira. Ninguém parecia compreender, na época, uma questão simples: que admitir essa tese era o mesmo que supor que, de um dia para o outro, a mendicância infantil havia aumentado em setenta por cento sem que ninguém percebesse.

Depois de revisar as atas das reuniões do departamento de Serviços Sociais desses meses (do qual eu era diretor, como já disse), comprovo que a primeira vez que aparece a mendicância infantil como um dos tópicos do dia foi em 25 de novembro de 1994, ou seja, seis semanas antes do assalto ao supermercado Dakota. O que significa — se pensarmos na lentidão com a qual, em San Cristóbal, um problema real chegava ao terreno institucional — que a presença das crianças na cidade teria que ter se manifestado pelo menos dois ou três meses antes dessa data, ou seja, em agosto ou setembro desse mesmo ano.

A tese da fuga em massa de um cativeiro na selva é tão contraditória que é quase mais crível a "tese mágica" pela qual tanto riram de Itaete Cadogán — o representante da comunidade Ñeé — quando garantiu que essas crianças haviam "brotado" do rio. Se você não levar a palavra "brotar" ao pé da letra, talvez não seja totalmente impraticável a suposição de que surgiu uma conexão súbita entre suas consciências, e que isso as levou a se reunir na cidade de San Cristóbal. Hoje sabemos que, embora mais da metade dessas crianças provinha de cidades e povoados próximos a San Cristóbal (e que só uma porcentagem muito menor era de crianças "roubadas"), outras percorreram de maneira inexplicável mais de mil quilômetros de distância, saindo de cidades como Masaya, Siuna ou San Miguel del Sur. Depois da identificação dos cadáveres, descobriu-se que duas crianças eram da capital, crianças cujo desaparecimento fora denunciado às autoridades meses antes, e não havia ocorrido nada de particularmente suspeito naqueles casos até o momento da "fuga".

As situações extraordinárias nos obrigam sempre a raciocinar com uma lógica diferente. Alguém comparou uma vez a aparição das crianças com esses fascinantes voos sincronizados dos estorninhos: revoadas de até seis mil pássaros que formam, em um abrir e fechar de olhos, uma nuvem compacta capaz de se mover em uníssono, com curvas de cento e oitenta graus. Lembro-me de uma ocasião que, por algum motivo, permaneceu intacta em minha memória esse tempo todo. Aconteceu durante um desses meses em que deve ter ocorrido a chegada das crianças. Eu andava de carro com Maia no primeiro horário da manhã, rumo ao meu escritório na prefeitura. Os horários em San Cristóbal são muito rígidos devido ao calor, as pessoas acordam às seis e a vida começa literalmente ao nascer do sol, os horários oficiais são das sete à uma, momento em que o calor já é habitualmente insuportável. Durante as horas mais difíceis — da uma às quatro e meia, na estação úmida — a cidade vive aplastada sob uma modorra subtropical, mas, na madrugada, os sancristobalinos são os mais enérgicos possíveis, o que também não é dizer muito. Maia me acompanhava naquela manhã porque tinha que cumprir algumas tarefas na escola de música e, quando chegamos ao semáforo, que ficava na entrada do centro, vimos um grupo de dez crianças entre dez e doze anos pedindo dinheiro. Eram e não eram iguais às de sempre. Ao contrário das de sempre, que eram simples e queixosas ao pedir, essas tinham uma altivez diferente, quase aristocrática. Maia procurou algumas moedas no porta-luvas do carro, mas não encontrou nada. Uma das crianças ficou me olhando. O branco dos seus olhos brilhava com uma intensidade fria e a sujeira do seu rosto gerava tal contraste com esse brilho que, por um momento, fiquei sem palavras. O semáforo ficou verde e me dei conta de que durante todo esse tempo eu estava com o pé no acelerador, como se não pudesse esperar para me afastar dali. Antes de fazer isso, virei-me mais uma vez para ela. De repente, sem transição, a criança sorriu abertamente.

Que mistério faz com que nossa experiência se concentre em umas imagens e não em outras? Seria consolador admitir que a memória é tão arbitrária como nossos gostos, que escolhe nossas lembranças com a mesma contingência com a qual nosso paladar decide que gostamos de carne, mas não de marisco, ou de vermelho, mas não de azul, e, não obstante, há algo que nos garante que até isso ou, melhor ainda, *acima de tudo*, isso responde a um segredo que deve ser decifrado e que não é de modo algum por acaso. O sorriso dessa criança me perturbou porque confirmava que havia uma conexão entre nós, que algo havia começado em mim e tinha terminado nela.

Com o passar dos anos, comprovei que aquele encontro do semáforo foi, na verdade, uma experiência muito comum entre os habitantes de San Cristóbal. Se perguntarmos, todos acabam contando episódios parecidos, quando não simplesmente idênticos. Crianças que se viram justo no exato instante em que você olha para elas, ou que aparecem quando você pensa nelas, presenças reais ou fantasmagóricas que abrem caminho entre os sonhos e que, no dia seguinte, estão esperando no mesmo lugar no qual você sonhou com elas... Talvez, no final das contas, não seja tão inexplicável que quando alguém nos olha, fala ou apenas pensa em nós, não possamos evitar de nos virar para essa fonte de atenção. Aquelas crianças — cuja quantidade era, naquela época, bem moderada para chegar a chamar atenção — começaram a funcionar na cidade de San Cristóbal como uma espécie de vetor energético, todos estávamos prestando atenção nelas sem nos darmos conta disso.

Acusou-se muitas vezes a Direção do Serviço Social em geral e a mim em específico por não ter antecipado o que sem dúvida era o começo de um problema. Este não é o lugar mais indicado para discutir esse esporte nacional de falar sobre a segunda-feira na imprensa de quarta-feira, mas não custa dizer que bastaram apenas alguns meses depois dos incidentes para que a cidade inteira se enchesse de especialistas em mendicância infantil e apóstolos do senso comum. Os mesmos que quiseram tirar a polícia da rua depois do assalto ao supermercado Dakota se transformaram, de repente, em mestres zen da prudência e nos acusaram, com a violência que só alguns delinquentes mereceriam, de não ter agido "com suficiente celeridade".

Em outra época da minha vida, talvez eu tivesse me defendido. Hoje reconheço que há algo de verdade na afirmação, mas, ainda assim, o que significaria para essas pessoas e naquele momento agir com "suficiente celeridade": trancar no mesmo instante aquelas crianças no orfanato, fazer uma convocação civil, gerar um estado de animosidade contra uns garotos que, até então, não haviam demonstrado maior incivilidade do que ter fome e não possuir um lar?

Algumas coisas acontecem mais rápido e mais facilmente do que se pode supor: as confusões, os acidentes, as paixões. Também os costumes. Durante aquela época, eu acompanhava todas as manhãs a menina até o colégio e fazíamos um pequeno jogo. Era tão esquemático e surgiu entre nós com tanta naturalidade que cheguei a pensar que duraria para sempre e que, quando crescesse, continuaríamos ali, brincando da mesma maneira, ela com a estranha curva de seu pescoço à minha frente, eu sentindo seus passos às minhas costas. Talvez o mais divertido da brincadeira fosse justamente a sensação de não estar brincando, de oferecer-se ao olhar do outro. Consistia em irmos nos ultrapassando sem dizer nada, primeiro eu, depois ela, depois eu de novo, até chegarmos ao colégio. Quem ultrapassava permanecia alguns segundos afastado do outro, mas logo reduzia a velocidade e se deixava ser ultrapassado. De quando em quando, um de nós interpretava um personagem diferente, um homem apressado que chegava atrasado ao trabalho, olhando sem parar para o relógio, uma menina que andava dando saltinhos enquanto assoviava, um policial que brincava de persegui-la... mas a maioria das vezes éramos apenas nós mesmos caminhando um pouco mais rápido.

Parece estranha a importância que aqueles momentos adquiriram para mim, nos quais esperava que a menina me ultrapassasse com seus passinhos. Parecia que o amor pela menina — ou essa desconfiança suave e essa atenção evidente que tanto se parece com o amor — era como o inverso da minha relação com Maia, amorosa também, mas sem rituais nem expectativas. Se em Maia eu amava a minha incapacidade de acessar as profundezas de seus pensamentos, na menina, eu amava *isso* que se repetia quase contra a nossa vontade, aquele espaço que havíamos criado juntos.

Ao contrário do resto dos familiares do colégio, eu não era o pai biológico de minha filha, e isso se percebia assim que chegávamos: não apenas não nos parecíamos fisicamente como também nos afastávamos sem dar muitas explicações, um pouco envergonhados. Não sabia na época algo que sei agora; que a semelhança está longe de ser a tessitura atômica do familiar. Entre um adulto e uma criança que querem ser um verdadeiro pai e uma verdadeira filha, não se parecer fisicamente não é — como costuma se pensar — assumir um destino fatal, o mundo está cheio de famílias descontentes com traços idênticos e de famílias felizes cobertas de remendos.

Antes da chegada de Maia, as crianças eram para mim umas criaturas com as quais era necessário *inventar* uma relação. Desconfiava das pessoas que afirmavam que gostavam ou não delas de maneira genérica, porque inclusive eu — que sempre tivera certa dificuldade para lidar com elas — tinha vivido muitas vezes a experiência de me deparar com alguma criança que me provocara uma simpatia instantânea. Eu tinha uma inclinação pelas ensimesmadas e as desajeitadas, e sentia antipatia pelas protagonistas, as engraçadinhas e as tagarelas (sempre detestei as qualidades infantis nos adultos e as "adultas" nas crianças), mas os preconceitos que as pessoas guardam por anos acerca da infância se evaporam no mesmo instante em que uma criança de verdade se torna parte de nossas vidas.

A menina compartilhava com as crianças dos incidentes uma qualidade em específico; desconfiava de seu direito real sobre as coisas ao seu redor. Talvez pareça um dado menor, mas não é. De modo geral, e se foram criadas em um ambiente minimamente equilibrado, as crianças sabem que são herdeiras naturais do que está ao seu redor, o carro de seus pais é imediatamente o *seu* carro, a casa é *sua* casa etc. Um garoto não rouba um garfo da cozinha dos pais, seria absurdo, o garfo já é dele. Uma garota não pega os vestidos da mãe quando ela não está e brinca com eles. A posse é uma prova pura da consciência infantil, uma categoria com a qual se filtra a realidade. As crianças dos incidentes, aqueles garotos e garotas que começávamos a ver diariamente parados nas ruas entre alguns semáforos ou dormindo em pequenos grupos jogados às margens do Eré e que desapareciam da cidade no cair da noite, compartilhavam com minha filha a consciência de que — ao contrário das crianças "normais" — não eram herdeiros legítimos de nada. E, como não eram herdeiros legítimos, tinham que *roubar*.

Coloco essa palavra em itálico de propósito. Como ouvi uma colega do município dizer há pouco: "O problema dos incidentes é que durante aqueles anos só nos permitíamos *pensar em voz baixa*". A palavra "roubo", a palavra "ladrão", a palavra "assassinato". Estamos cercados de palavras que pronunciáramos até agora entre sussurros. Nomear é outorgar um destino, escutar é obedecer.

No dia 15 de outubro de 1994, e conforme a ata, no quarto tópico da reunião quinzenal, a deputada Isabel Plante submeteu pela primeira vez a debate do conselho dos Serviços Sociais o problema da mendicância infantil. Relataram-se ali (e não é difícil enxergar a sintaxe retorcidamente populista da sra. Plante) três denúncias de "assalto" a civis em vários pontos da cidade: a primeira, de um homem que gerenciava uma cantina em vila Toedo, de onde umas crianças tinham roubado a caixa do dia; a segunda, de uma mulher de meia-idade, que teve a sua bolsa puxada em plena praça 16 de Dezembro; e uma terceira, do garçom da cafeteria Solaire, que garantia ter sido "humilhado por um grupo de vândalos de cerca de doze anos". A deputada expôs primeiro os acontecimentos, depois exigiu duplicar a verba do orfanato para dar àquelas crianças a proteção necessária, e em seguida me culpava diretamente pela situação em que o município se encontrava em termos sociais, toda uma aula de dialética populista: expor primeiro uma situação já deflagrada, oferecer uma solução inalcançável e acusar o adversário político de ser responsável por tudo aquilo. Mas, se deixarmos de lado a retórica, o discurso da sra. Plante se mostra muito ilustrativo do modo como o mundo infantil havia começado a incomodar a todos.

No ensaio sobre os incidentes intitulado *A vigilância*, publicado no primeiro aniversário da morte das 32, a professora

García Rivelles dedica um longo capítulo ao mito da inocência infantil. *O mito da inocência infantil* — afirma — *é uma forma bastarda, positiva e cômoda do mito do Paraíso Perdido. Santos, intercessores e vestais dessa religião de bolso, espera-se que as crianças representem para os adultos o estado de graça original.* Mas aquelas crianças que tinham começado a tomar silenciosamente as ruas se pareciam muito pouco com as duas versões dessa *graça original* que conhecíamos até então: nossos próprios filhos e as crianças Ñeê. É verdade que as crianças Ñeê estavam sujas e não foram escolarizadas, é verdade que eram pobres e que a miopia da sociedade de San Cristóbal dava por certo de que eram impossíveis de ser resgatadas, mas sua condição de indígenas não apenas suavizava esse estado, como, de certo modo, tornava-o invisível. Por mais que as víssemos miseráveis, sujas e muitas vezes afetadas por doenças viróticas, já tínhamos nos imunizado contra a situação. Podíamos comprar uma orquídea delas ou um saquinho de limão sem nos alterarmos: aquelas crianças eram pobres e iletradas como a selva era verde, a terra era vermelha e o rio Eré carregava toneladas de lama.

Quanto ao resto, não dá para dizer que éramos muito diferentes. San Cristóbal não era, em meados dos anos 90, uma cidade muito distinta de qualquer outra cidade grande das províncias. O coração da economia da região — o cultivo de chá e cítricos — entrou em uma época de bonança especial, os minifundiários e pequenos proprietários começaram a cultivar por conta própria, gerando toda uma pequena ascensão da classe média trabalhadora. Em um período de cinco anos, a cidade havia se transformado, os pequenos comércios prosperavam e, com isso, a economia e a alegria geral. A construtora da represa da hidrelétrica financiou a restauração do calçadão, um acontecimento que mudou por completo a fisionomia da cidade: o centro histórico deixou de ser o lugar reservado para o ócio e San Cristóbal começou a viver pela primeira vez "olhando para o rio" como tão cafonamente gostava de dizer o nosso prefeito da época. Nessa nova cidade, viam-se de repente mães jovens passeando com os filhos, casais e carros esportivos que ainda não chegavam a combinar com a paisagem e que iam batendo a parte de baixo em todas as lombadas que instalaram para controlar o trânsito. As crianças, nossos filhos, não apenas eram um objeto decorativo a mais naquela cenografia orquestrada, como, de certa maneira, formavam o ponto cego do esnobismo da cidade. As pessoas estavam tão imbuídas naquela sensação de prosperidade que a aparição das crianças, aquelas *outras* crianças, causava um incômodo evidente. O conforto se gruda aos pensamentos como uma camisa úmida, e só quando queremos fazer um movimento inesperado é que descobrimos quanto estamos presos.

E, se de um lado estava a retórica, do outro, encontravam-se os fatos. Dois dias depois, eu mesmo presenciei o primeiro de muitos assaltos. Tinha saído com Maia para dar um passeio e nós as vimos ao atravessar o pequeno parque da colina. Eram seis, a mais velha era uma garota de uns doze anos. Junto dela, sentados em um banco, havia outros dois meninos muito parecidos, gêmeos talvez, de uns dez ou onze anos, e mais duas garotas sentadas no chão que pareciam estar brincando de matar formigas. Todos tinham essa sujeira que se enxerga às vezes nas crianças indigentes das grandes cidades. Notava-se também sua atenção. Pareciam distraídos, mas na verdade estavam vigilantes. Lembro-me de que a mais velha usava um vestido ocre com uns desenhos bordados no peito — umas árvores ou umas flores —, e que me olhou por um segundo e não deu bola.

A uns trinta metros, vimos uma mulher de cerca de cinquenta anos que atravessava o parque com umas sacolas de compras. Por um instante, tudo permaneceu imóvel. Tive a sensação de que tanto Maia quanto eu tentávamos enfrentar mentalmente a sensação de que algo inevitável estava prestes a acontecer. A garota mais velha ficou de pé. Apesar de desgrenhada, sua silhueta era delineada quase como um felino e tinha essa franqueza que o corpo só manifesta na adolescência. Chamou as crianças ao seu redor e, sem dizer nada, todas ficaram de pé e se aproximaram da mulher a passos rápidos. A garota mais velha parou em frente a ela e disse algo. A sua cabeça ficava mais ou menos na altura do peito da mulher, o que fez a senhora se inclinar um pouco e deixar uma das sacolas no chão, momento que um dos menores aproveitou para agarrá-la e sair correndo.

Eu não chamaria de cumplicidade o que havia em toda aquela situação. Tinha algo de obscuro e profundo demais para isso, uma espécie de coordenação tácita. A naturalidade com que cada uma das crianças adotou um papel em toda aquela coreografia do roubo respondia a algo mais do que a um ensaio ou um treinamento. Um garoto ou uma garota começava uma frase, o outro completava. Quando a senhora se deu conta de que tinham levado uma de suas sacolas, parou de falar com a garota mais velha e se virou bruscamente, momento em que a menina aproveitou para agarrar a sacola que ainda restava na mão e puxá-la com força. Mas a senhora manifestou uma resistência imprevisível. Não só não deixou que levassem a sacola, como reagiu com tanta energia que arrastou a garota. Um dos gêmeos se lançou sobre ela, então, agarrando-a pela bolsa, e mais um deu um pequeno salto e se pendurou direto no seu cabelo de maneira brutal.

A pobre mulher soltou um grito. Um grito de dor, é claro, mas muito mais de surpresa. O puxão foi tão forte que ela foi direto para o chão e as crianças aproveitaram a sua queda para arrancar tudo dela e fugir com o que pilharam: a bolsa e as duas sacolas de compras. Quando nos aproximamos dela, ainda parecia ter uma expressão mais próxima do desconcerto do que da humilhação. Fitou-nos com uns olhos esbugalhados e perguntou: "Vocês viram? Vocês viram?".

A partir daquelas semanas, todos começamos a ver as crianças com regularidade pelas ruas, parques, pela margem do rio e até no centro histórico. De modo geral, caminhavam em grupos de três, quatro ou cinco, nunca sozinhas e jamais em um número maior. Os grupos raras vezes eram fixos, embora com certeza havia dois ou três reconhecíveis: o da garota era fácil de identificar, porque costumavam acompanhá-la aqueles dois meninos tão parecidos entre si. Outro dos grupos era composto de quatro garotos e duas garotas à beira da puberdade, que andavam com saias muito longas, como das ciganas. O terceiro grupo, composto só de garotos, sempre era acompanhado por um vira-lata branco. Nas gravações que se conservam daqueles meses, alguns desses grupos são relativamente fáceis de ser identificados, especialmente o do cachorro. Também em algumas das fotografias da célebre exposição A Infância Inútil, do fotógrafo Gerardo Cenzana (um dos produtos culturais que contribuíram para articular a "versão oficial" dos fatos), dá para ter a ilusão de que há crianças que se "repetem", rostos com os quais todos nós chegamos a nos familiarizar, mas a verdade é que até isso é difícil de afirmar com certeza. Talvez a sensação de que aquelas crianças eram um pouco mais reconhecíveis não passasse de uma estratégia de nossa desconcertada consciência que tentava estabelecer padrões onde, na verdade, não havia.

Mas os dias passavam e ninguém fazia grande coisa a respeito. Eu já tinha começado a trabalhar no programa com a comunidade Ñeê e estava tão ocupado que mal pensava no assunto. De certo modo, as 32 tinham começado a fazer parte de nossa realidade cotidiana, e só de quando em quando e em situações inesperadas é que nos dávamos conta, de súbito, de que algo tinha mudado. Um exemplo: lembro-me de que naquela época — e suponho que porque o livro tinha aparecido lá em casa — comecei a ler para a menina *O Pequeno Príncipe* à noite. Tinha lido o livro na minha infância com certo interesse, mas, ao lê-lo para a menina, começou a me causar uma repulsa que era difícil de explicar. De início, pensei que me irritava a sua cafonice, toda aquela coisa solitária do menino e seu mundo, o planeta, o cachecolzinho voando com o vento, a raposa, a rosa... até que de repente entendi que era um livro perfeitamente maligno, um lobo com três camadas de pele de cordeiro. O Pequeno Príncipe chega a um planeta no qual se encontra com uma raposa que diz que não pode brincar porque ainda não está "domesticada". "O que significa domesticar?", pergunta o Pequeno Príncipe, e, depois de algumas evasivas, a raposa responde que é "criar laços". "Criar laços?", replica o Pequeno Príncipe, mais surpreso ainda, e a raposa responde com uma magnífica joia da má-fé: "Claro, você ainda não é para mim nada mais do que um garoto parecido com outros cem mil garotos. Eu não preciso de você. E você também não precisa de mim. Mas, se você me domesticar, um vai precisar do outro". Algumas páginas mais adiante, em frente a um campo de rosas, o Pequeno Príncipe demonstra ter aprendido a lição do cínico: "Você não é de modo algum parecida com a minha rosa, você ainda não é nada. Ninguém as domesticou, e vocês não domesticaram ninguém. São como era minha raposa. Não era nada além de uma raposa parecida com outras cem mil. Mas virei amigo dela e agora ela é única no mundo".

Até hoje estremeço com a maneira como a nossa ingenuidade diante do início dos incidentes se parecia com a que levou Saint-Exupéry a escrever essas coisas. Assim como o Pequeno Príncipe, nós também pensávamos que nosso amor privado por nossos filhos os transfigurava, que até mesmo com os olhos vendados seríamos capazes de identificar suas vozes entre milhares de vozes infantis. O que confirmava, talvez, o contrário: que aquelas outras crianças que ocupavam pouco a pouco nossas ruas eram versões mais ou menos indistinguíveis do mesmo garoto ou garota, crianças "parecidas com outras cem mil crianças". De quem não precisávamos. Que não precisavam de nós. E que, é claro, tinham de ser domesticadas.

Mas a realidade é insistente e nem sequer assim deixavam de ser crianças. Como poderíamos esquecer se era exatamente aí que começava o escândalo? Crianças. E, um belo dia, descobriu-se que roubavam. "Pareciam tão boazinhas!", exclamavam alguns, mas por trás desse grito havia uma ofensa pessoal: "Pareciam tão bons e nos enganaram, esses pequenos hipócritas". Eram crianças, sim, mas não como as *nossas*.

Na tarde de 3 de novembro de 1994, o prefeito Juan Manuel Correa convocou para uma reunião de emergência Amadeo Roque, diretor municipal da polícia de San Cristóbal, Patricia Galindo, juíza de família encarregada do Juizado de Menores, e eu. O prefeito entrou na sala e deixou cair sobre a mesa uma pasta que, a julgar pelo seu gesto de decepção, fez um ruído menor do que o esperado. Maia costumava dizer que em San Cristóbal bastam cinco minutos de poder para que um homem fique com um rosto de cacique. Correa poderia ter sido um bom exemplo desse caso: não era inteligente o bastante para ser perigoso, mas também não era inofensivo o bastante para ser cômico. Tinha isso que costuma se chamar de "a astúcia do povo", e não dava para saber o que era pior, seu oportunismo ou o fato de que estava prometendo favores a torto e a direito.

Mas os acontecimentos que o diretor de polícia expôs estavam longe de ser fantasia: uma dupla de agentes tinha se aproximado de um grupo de crianças que estava havia vários dias na praça 16 de Dezembro e tinha assaltado alguns transeuntes. De acordo com o agente, as crianças responderam às perguntas "em uma língua incompreensível" e os atacaram quando resolveram levar o menor para a delegacia, um garoto — segundo suas palavras — de uns dez anos. Em uma primeira versão, ele garantiu que tinha sido um dos garotos quem havia pegado a sua pistola e "disparado por acidente", mas o relato de várias testemunhas o levou a reconhecer, enfim, que tinha sido a disputa pela pistola que o fez disparar a arma involuntariamente. A bala atravessara a virilha de seu colega, o oficial Wilfredo Argaz, que sangrou até a morte, poucos minutos depois, diante da ambulância.

O policial se chamava Camilo Ortiz, tinha vinte e nove anos, dois de polícia, e se encontrava na cela da delegacia à espera do julgamento por homicídio culposo. O defunto Wilfredo Argaz tinha trinta e oito anos, era pai de duas meninas e possuía um histórico bem mais questionável que o do seu colega: duas investigações internas por aceitar subornos e uma falta grave por abuso de autoridade durante o interrogatório de um delinquente. Talvez não fosse exatamente um anjinho, mas agora era um anjinho morto. Camilo Ortiz teria de responder perante a Justiça por ter sacado a arma injustificadamente e, embora não parecesse difícil que se livrasse da prisão, não havia juiz sobre a terra capaz de evitar (como acabou acontecendo) o pagamento de uma considerável indenização e sua expulsão da polícia.

A morte do agente Wilfredo Argaz passou, graças ao comunicado oficial que definimos naquela reunião, como um trágico e evitável acidente no exercício do dever. Como é lógico, evitamos mencionar as crianças e as substituímos no comunicado por uns "delinquentes comuns". Uma coincidência do destino fez com que naquela mesma tarde morresse também Nina, a famosa cantora, e sua morte monopolizou tanto a atenção da imprensa que o falecimento de Wilfredo Argaz passou a ser pouco mais do que uma nota de rodapé na página de notícias.

Mas a mulher de Argaz não parecia disposta a deixar as coisas passarem tão alegremente. Dois dias depois da morte de seu marido, plantou-se diante da porta da prefeitura com claros sinais de embriaguez, e, de mão com as duas filhas, ficou gritando "assassinos" por quase vinte minutos em frente à janela do prefeito.

Durante toda a minha vida lidei mal com as demonstrações públicas de sofrimento. Sempre que tive que enfrentá-las, experimentei a inquietante sensação de que meu cérebro bloqueava a sensibilidade, inclusive em relação a mim mesmo. Lembro-me de que, quando minha mãe morreu no hospital, meu pai se jogou sobre o seu corpo sem vida e começou a gritar. Sabia que ele a amara durante toda sua vida de forma muito sincera, e eu mesmo estava tão aturdido pela dor que mal conseguia articular uma palavra, mas, mesmo assim, não pude evitar de sentir que toda a cena era extraordinariamente falsa, e aquilo me perturbou quase mais do que a morte em si. Logo parei de sentir, o quarto me pareceu maior e vazio, e na metade desse espaço pensei que todos nós tínhamos ficado rígidos como estátuas. A única coisa que eu era capaz de me repetir, sem parar, era: "Boa atuação, papai, que boa atuação, papai...".

Quando vi aquela mulher gritando na praça, tive uma sensação parecida. O cabelo desgrenhado, as duas garotas quase adolescentes, os claros sinais de embriaguez... havia algo tão obsceno nela que nem sequer fiquei escandalizado com minha ausência de compaixão. Eu a olhava da janela de meu escritório como se a distância que nos separasse fosse cósmica. Ela gritava, e seus gritos não faziam sentido. Insultava alternadamente o prefeito e Camilo Ortiz, que deveria estar escutando tudo de sua cela. Eu me sentei e continuei trabalhando. A mulher se calou. Houve um silêncio inesperado e então começou a gritar de novo, mas de forma muito diferente: "Foram as crianças! Foram as crianças!".

Foi muito estranho. A frieza que eu tinha sentido até então se volatizou no mesmo instante para se transformar em ódio. Senti como se aquela mulher estivesse gritando na praça um segredo que eu estava escondendo, algo vergonhoso que não tinha me atrevido a enunciar, e que estava guardando dentro de mim por semanas. Saltei da cadeira. Fui correndo até o escritório de Amadeo Roque e perguntei até quando ele pretendia permitir que aquela vadia continuasse gritando em frente à prefeitura. O chefe de polícia me olhou aterrado.

Aquela vadia.

É curioso como a brutalidade de certas palavras pode aguardar por anos até se reencontrar conosco, tão intacta como quando as pronunciamos pela primeira vez. Até agora, quase vinte anos depois, essas palavras parecem uns monges que ficaram me esperando pacientemente no interior do seu monastério para me envergonhar. O talião da memória.

Dois dias depois, em sua coluna do *El Imparcial* do dia 6 de novembro, Victor Cobán demonstrou ser uma das poucas pessoas que estavam compreendendo o que acontecia: *Só alguém tão insensato quanto nosso prefeito Juan Manuel Correa seria capaz de duvidar, a estas alturas, da catástrofe que se aproxima se não encontrar uma solução para as crianças de rua. Talvez a morte de Wilfredo Argaz não tenha sido mais do que um acidente isolado, mas o episódio funciona como metáfora. E as metáforas são poderosas: assim como não entendemos o que dizem essas crianças, que desaparecem à noite como se nunca tivessem pertencido ao nosso mundo ou que não parecem ter um líder definido, é evidente que a presença delas possui um propósito ainda não decifrado.*

Era verdade: não pareciam ter um líder definido. Talvez alguns dos grupos estivessem "capitaneados", de vez em quando, por certos garotos, mas seus movimentos não pareciam orquestrados por um só cérebro. Às vezes se reuniam nos fundos da prefeitura, passavam muitas horas ali, rolando num morrinho de grama, rindo e levantando-se mareadas. Quando estavam alegres, mal se diferenciavam de nossos filhos. Gesticulavam para causar risadas entre elas, ou se levantavam rápido depois de girar e, ao fazer isso, caíam de bunda no chão, provocando uma grande algazarra. Eu mesmo lembro de ter sorrido em várias daquelas ocasiões, assombrado ao constatar que eram as mesmas crianças que evitávamos, atravessando a rua ou cruzando as praças quando as víamos. Além disso, parecia que naquelas crianças havia uma alegria e uma liberdade que, de certo modo, as crianças "normais" nunca poderiam atingir, que a infância se expressava de forma muito melhor nas suas brincadeiras do que nas brincadeiras regradas e cheias de proibições que os nossos filhos faziam.

Hoje pode parecer um descuido grave, mas em cidades pequenas como San Cristóbal, as prioridades policiais são com os criminosos, e, no momento, nada havia demonstrado que as crianças eram criminosas. As poucas vezes em que algum policial as pegava com a mão na massa e tentava prendê-las, elas se separavam na hora e corriam em todas as direções. Logo se reuniam de novo. Não era incomum, por exemplo, ver como dois grupos distintos apareciam em um mesmo lugar de forma acidental, discutiam um pouco e logo um deles ia embora. Se estivessem obedecendo a ordens, veríamos então dois pequenos líderes chegando a um acordo, mas essa cena jamais acontecia: discutiam de maneira desorganizada e perfeitamente aleatória, como se por um instante tivessem esquecido o que os levou até ali, e logo se separavam de novo, às vezes até com seus membros relativamente trocados. Lembro-me de ter escutado alguém comparando o comportamento delas com o das células em um organismo, eram indivíduos, mas a sua vida estava completamente absorta pela vida da república, como abelhas em uma colmeia. Mas, se as crianças compunham de fato um corpo unificado, onde estava o cérebro? Se eram como uma colmeia, quem era a abelha-rainha?

A segunda coisa que Victor Cobán aborda em sua coluna — a forma com a qual desapareciam ao cair a noite — não era menos inquietante. Demonstra que ainda não sabíamos que as 32 adentravam a selva ao anoitecer. Hoje sabemos que durante aqueles meses tiveram assentamentos perto do rio, a menos de um quilômetro do calçadão, e que em duas ou três ocasiões trasladaram seu acampamento ao longo dessa linha que ia até o interior da floresta, mas a razão para que escolhessem esses lugares (além do motivo óbvio de se proteger de nós) continua sem explicação.

Teria sido muito mais simples se entendêssemos o que falavam? Ou melhor: se elas tivessem permitido que as entendêssemos? É difícil dizer. Há um artigo do professor Pedro Barrientos — que leciona filologia na Universidade Católica de San Cristóbal — que já não pode ser lido sem um sorriso, no qual afirma que as crianças falavam uma subversão do Ñeê. Também se dizia, naquela época, que elas se comunicavam com uma espécie de novo "esperanto", e outras insensatezes até maiores, afirmações que hoje achamos ridículas, mas que na época eram ditas com muita seriedade, e até com ar de autoridade.

Uma das coisas mais trágicas dos incidentes é que restaram tão poucos registros acústicos. Dá para escutar suas vozes em algumas das gravações do assalto ao supermercado Dakota e na meia hora de gravação que a polícia fez nos esgotos no dia da morte delas. Escutá-las dá uma impressão meio deslocada, como se soassem muito mais infantis ou agudas do que realmente eram. Com frequência, tem-se a sensação de que são cantos de pássaros, mas logo se escuta a voz de algum garoto, vozes distinguíveis, como gritos, como guinchos, lembram o zunido que se escuta no interior da selva. E também sua exatidão, basta fechar os olhos para comprovar até que ponto a música de suas frases compõe o que poderia ser a conversa de crianças normais: a cadência das exclamações depois das queixas, as afirmações categóricas e os gestos de aclamação, as perguntas complicadas e as respostas. E a alegria, como se essas crianças tivessem encontrado um segredo da alegria que as crianças normais não conseguiam achar. Ao escutar essas risadas, tem-se a sensação de que o mundo está compensando algo só por ter sido capaz de produzir esse som. Mas não entendíamos uma só palavra.

Durante aqueles meses que as crianças percorreram as ruas, quase nunca se dirigiam a nós, e, quando conversavam entre elas, o faziam sussurrando ao pé do ouvido. Se nos falavam — por exemplo — "uma moeda", até essa palavra totalmente reconhecível tinha um aspecto desviado, como se a tivessem inflado por dentro. Não sou nenhum especialista em linguística, mas continua me impressionando que umas circunstâncias tão banais alterem de forma tão radical nossa percepção subjetiva de uma língua. Com frequência penso que as crianças poderiam ter falado um espanhol perfeito e nem sequer assim as teríamos entendido, continuaria parecendo que falavam outro idioma.

E, não obstante, para cada hieróglifo há uma Pedra de Roseta, a nossa com nomes e sobrenomes. Não seria possível jamais ter uma dimensão objetiva dos incidentes de San Cristóbal sem uma jovenzinha de doze anos residente no bairro Antártida chamada Teresa Otaño. Teresa era, de certo modo (continua sendo hoje, embora por motivos muito diferentes), um espécime típico da cidade. Sua mãe era uma dona de casa de origem Ñeê e seu pai, um médico rural do interior que graças à sua fama pôde abrir um consultório muito concorrido no centro. Bem poderia ter sido uma das alunas de violino de Maia: educada, perspicaz, distante, embora de origem humilde, Teresa Otaño era, com seus doze anos, já inclinada a um certo classismo muito embrionário naquela época.

A classe média de San Cristóbal — para fazer um fugaz retrato falado — lembrava aquela célebre fábula das três rãs que caem num balde de leite: uma otimista, outra pessimista e outra realista. "Não acho que vou me afogar num lugar tão pequeno", pensa a rã otimista, mas é justamente sua apatia que a leva a afundar e morrer em primeiro lugar. "Morreu a rã otimista!", pensa a rã pessimista, "Como poderei me salvar?", e seu desespero a leva a morrer no mesmo instante, mas a terceira, a rã realista que o tempo todo estava mexendo suas patas para escapar dessa, começa a mexê-las com desespero cada vez maior diante da morte de suas companheiras, e de repente sente algo firme e duro no que se apoiar para saltar: com o bater das patas, fabricou manteiga, seu realismo (ou seu desespero) a salvou. Depois de décadas de esforço impetuoso e muita tenacidade, uma boa parte da classe média sancristobalina tinha se tornado da classe alta: famílias que uma década antes tinham sérios problemas para pagar o aluguel de um galpão, agora se permitiam comprar terrenos relativamente bem situados e construir as próprias casas neles. Teresa Otaño pertencia, soubesse ou não disso, a essa classe. Estava acostumada a ir com suas amiguinhas da colônia Antártida, que naquela época era apenas uma promessa de bairro rico perto da selva, ao colégio da Sagrada Conceição, e a olhar com certo desdém para as crianças Ñeê que suas mães levavam pela mão para vender orquídeas.

Teresa publicou seus diários da infância aos vinte e cinco anos, onze anos depois do acidente que acabou com a vida das 32, e ela já uma jovem adulta. O livro se tornou um pequeno best-seller local no mesmo instante. Uma mente maquiavélica não seria capaz de planejar com maior eficiência um sucesso editorial: os incidentes ainda estavam tão frescos na psique coletiva que qualquer publicação sobre o caso significava vendas garantidas. O diário acrescentava, além disso, uma perspectiva inédita: a de uma criança. Uma menina que olhava para aquelas crianças que tanto tinham nos perturbado. No mesmo instante surgiram paralelismos; com uma frase mais torta que o intestino de um contorcionista, no prólogo, o livro era comparado com os diários de Anne Frank. E a verdade é que a menina Teresa Otaño tinha um dom: o de acrescentar à cafonice inevitável e própria de sua idade uma dose de autoconsciência nada comum. *Quando eu ler isso daqui a vinte anos, pensarei: eu era terrível quando criança*, escreve em uma das primeiras páginas, refletindo sobre a ideia de abordar o seu diário com *sinceridade total*, uma frase que está longe das possibilidades de um cérebro comum de uma criança de doze anos.

Mas Teresa Otaño fez algo ainda mais extraordinário do que ser uma perspicaz menina de classe alta: descobriu o código com o qual as 32 se comunicavam. Tudo aconteceu graças a uma bela série de acasos. Junto à casa de Teresa, e em uma das esquinas da avenida Antártida, costumavam se reunir algumas das 32 no seu caminho noturno para a selva. Na verdade, tratava-se apenas de uma pequena parada, uma espécie de ponto de encontro. De início, Teresa Otaño se limita a anotar, fascinada, os dias em que as vê, se são três, quatro ou cinco, a roupa que vestem etc. Estabelece padrões e identifica algumas, até que um dos meninos — a quem, de início, dá o apelido de "franja", e, ao final, de "gato" — provoca nela uma paixão pubescente.

O "gato", assim como muitas das 32, de acordo com os diários de Teresa Otaño, fumava sem parar, com o frenesi endiabrado que os vícios dos adultos só adquirem quando são adotados por crianças. Devia ser um dos mais velhos do grupo e teria cerca de treze anos. Teresa o descreve várias vezes fumando em cima de um muro que ficava em frente à entrada de sua casa *como um forasteiro perdido*. Em certa ocasião, relata uma cena que deliciaria um analista acerca do nascimento da consciência erótica: *Foi até a cerca e escutei o som do zíper de suas calças, o barulho do mijo contra a madeira e o ruído que fez ao cuspir. Depois se inclinou e apoiou a testa contra a cerca.* Não acho que ninguém duvide de que o sucesso dos diários de Teresa Otaño deve-se em grande parte aos trechos desse estilo que abundam na primeira parte do livro. Otaño — como muitas crianças de San Cristóbal — foi uma garota precoce, entendia de um modo vago que havia surgido uma ruptura entre a sua maneira de ser criança e a forma que aquelas outras crianças eram, não se tratava mais apenas de uma questão de pobreza ou desamparo, e sim de algo mais profundo que ela percebe *como uma facada nas tripas* (para usar suas palavras) e que compromete a sua escala de valores. Com suas palavras infantis, enuncia algo que a sociedade em que vivia ainda não tinha compreendido por completo: *penso muito, mas não falo muito*. Podem imaginar um diagnóstico mais certeiro do que acontecia com todos nós? E, depois, em outro momento: *Quando nós as vemos nas ruas, fingimos que não estão ali, mas elas nos olham e não falam nada, como abutres*.

Os passeios com suas amigas, de sua casa ao colégio da Sagrada Conceição, começam a virar pequenas aventuras para a jovem Teresa. *Hoje passaram correndo ao nosso lado e senti no braço o roçar de uma das meninas, o roçar de seus cabelos, como uma cosquinha.* Tão longe, tão perto. E, depois de poucas semanas, afirma que proibiram que uma de suas colegas fosse sozinha para o colégio por medo de seus pais, mais uma mostra de que muitos meses antes do assalto ao supermercado Dakota a animosidade contra as 32 começava a ter consequências palpáveis na cidade.

Não é sempre fácil determinar se o que nos ameaça tem uma influência maior sobre nós do que aquilo que nos seduz. A própria natureza dessas duas coisas às vezes não está em contraposição, mas é quase indistinguível. No diário, nota-se que Teresa é incapaz de resistir à tentação, mesmo sabendo que isso pode colocá-la em perigo. E não só passivamente: guarda a metade de seu lanche do meio-dia e o abre, fingindo estar distraída, quando passa em frente às crianças no retorno a casa, "deixa-se ver" no exterior do pátio e brinca nas áreas que podem ser vistas da rua. Não é tão estranho, afinal, que acabe se apaixonando por um deles. O "gato" não é mais do que uma superconcentração desse espírito invisível.

Talvez um dos momentos mais emocionantes do diário seja a entrada do dia 21 de dezembro, quando descobre o código da língua deles. Mas o relato dessa entrada exige uma pequena explicação prévia:

Poucos dias antes, as "crianças de rua" (como às vezes se chamavam, naquela época, as 32) tinham protagonizado um episódio que acabara para sempre com o espírito amistoso ou indiferente da cidade, se é que este algum dia existiu. No escritório do Serviço Social, tínhamos aproveitado a proximidade das festas de fim de ano para fazer uma campanha de solidariedade a que, naquele ano, resolvemos dar um toque "angelical": nossa intenção era que os produtos básicos que costumávamos distribuir para cobrir as necessidades das famílias no fim do ano aparecessem anonimamente na porta das casas dos mais desfavorecidos. Aquela insensatez foi uma dessas que às vezes surgem por puro tédio no meio de uma reunião. Talvez tivesse bastado que alguém, em um tom moderado, nos lembrasse de que não morávamos em Copenhague, mas, como ninguém fez isso e se perde o bom senso quando mais se precisa dele, na noite de 20 de dezembro — e agindo com tanto segredo, algo que, naquele momento, nos orgulhava — foram distribuídas mais de três toneladas de produtos básicos comprados com as doações de caridade e o orçamento que nos restara daquele ano, e deixados na porta das casas, refeitórios, residenciais etc.

O amanhecer foi espantoso. Quando a cidade acordou, por volta das seis da manhã, quase todos aqueles presentes tão prolixamente espalhados na véspera tinham sido arrebentados. As 32 tinham destroçado os pacotes de arroz e farinha e os espalharam por todos os cantos, as latas de óleo e as garrafas de leite estavam rasgadas, as conservas abertas e cheias de insetos. Quando saí de casa para ir à prefeitura e vi o que tinha acontecido, a imagem me deixou à beira de um ataque de fúria. Em frente à porta de minha casa havia alguns pacotes de guloseimas e doces jogados de qualquer maneira. Em alguns deles se viam as marcas de mordidas: não eram exatamente de animais selvagens, e sim as marcas reconhecíveis e familiares das mordidas infantis e também das mãos pequenas. Tinham desenhado rostos sorridentes nas manchas de farinha e espalhado os pacotes de arroz. Não se deram ao trabalho de ocultar o delito. Tudo tinha ficado destroçado pelo simples prazer de brincar. O espetáculo era uma verdadeira festa do ultraje. Se pelo menos eles tivessem comido aquela comida ou roubado para prepará-la mais tarde, a mesma ideia de caridade que tinha nos motivado a deixar ali todas aquelas coisas teria tido um propósito. Mas aquela destruição gratuita foi demais.

Na noite desse dia crucial, uma menina de doze anos escuta do seu quarto como elas falam do que aconteceu enquanto esperam a chegada de seus colegas para se dirigirem ao seu refúgio noturno. São, segundo o diário de Teresa Otaño, seis: duas garotas e quatro garotos, e entre eles está o "gato". Talvez pela empolgação desses acontecimentos, falam um pouco mais alto do que o normal, e Teresa consegue ouvi-los com clareza. A princípio é apenas uma intuição, como quando o cérebro sabe que está prestes a resolver um problema matemático, e logo a sensação se dissipa: *entendo e não entendo o que dizem*, escreve Teresa Otaño, e depois: *Falam em línguaquê?*

Assim como centenas de milhares de crianças de todo o mundo, Teresa Otaño havia criado uma língua secreta para conversar com suas amigas sem ser compreendida. Era muito básica e se baseava na repetição de uma sílaba em "k" de maneira mais ou menos aleatória entre as sílabas médias ou ao final da palavra que pretendia ocultar. A palavra "língua" podia se tornar, indistintamente, "línguaca", "línguaquê" ou "línquegua", para dar um exemplo, a palavra "lápis" vira "lápisque" ou "láquespi". Com esse truque elementar, Teresa Otaño e suas amigas trocavam recados na sala de aula com a sensação de que podiam passar despercebidas. As 32 tinham desenvolvido um sistema parecido, embora extraordinariamente mais sofisticado. Teresa Otaño "compreende", enfim, algumas palavras e até frases simples, e se dá conta de que estão comentando o que aconteceu naquela manhã durante a destruição do nosso "angelical" projeto de caridade. Um dos garotos reprime os pequenos por não terem guardado algo, com certeza comida, e um pequeno acusa o outro, e vice-versa, até que um deles começa a chorar. O "gato" diz ao que chora para se calar, e o menino responde: *Não vou calar a boca, você não manda em mim, ninguém manda.* Mais lamentações e lamentações e finalmente (segundo o testemunho de Teresa Otaño) escuta-se uma frase fascinante: *Então você quer que a gente sempre fale a verdade?*

Cada vez que releio essa primeira conversa um tanto incompreensível e "traduzida" por Teresa Otaño, sinto uma espécie de emoção, como se de repente se manifestassem em palavras humanas os latidos de cães ou os sons que os golfinhos emitem. O mero pensamento de que, com um pouco mais de engenhosidade e bom senso, teríamos sido capazes de compreender o que aquelas crianças diziam entre si me parece agora uma perda maior do que o El Dorado ou o segredo das pirâmides. É evidente que Teresa Otaño estava longe de compreender a totalidade das conversas e que preenchia as lacunas de sentido com palavras e frases próprias, mas a fresta estava aberta.

Muito tempo depois, e com as horas de gravações acidentais que foram sendo recuperadas ao longo dos anos, a professora de sociolinguística Margarita Cadenas elaborou um fascinante estudo intitulado *A nova língua* que passou injustamente despercebido fora do âmbito acadêmico. A tese de Cadenas é ousada e, embora às vezes seja mais fantasiosa do que científica, sustenta-se. De acordo com ela, a "necessidade" de uma língua nova na comunidade das 32 não surgiu tanto da exigência de uma codificação perante outro grupo; as crianças não escolheram falar desse jeito só para que alguém não as compreendesse — tal como faziam, na sala de aula, a jovem Teresa Otaño e suas amigas —, mas de um impulso perfeitamente lúdico e criativo. A professora considera que aquelas crianças precisaram, no contexto de um mundo e uma vida nova, de uma língua nova. Palavras novas para nomear aquilo que ainda não tinha sido nomeado. Cadenas mostra-se contra a teoria de Saussure sobre a arbitrariedade do signo linguístico que garante que a relação entre palavra e coisa nomeada é imotivada, que não há nenhuma razão lógica pela qual o objeto "mesa" tenha que ser chamado necessariamente de "mesa" e não — pela mesma falta de motivos — "árvore" ou "praça". De acordo com ela, a língua que as crianças estavam "começando a inventar, mediante brincadeiras codificadas, usando o espanhol como base de sua invenção", funcionava ao contrário: *tratava de encontrar um lugar no qual essa conexão não fosse arbitrária, e sim motivada, uma língua mágica na qual os nomes das coisas brotavam de maneira espontânea de sua própria natureza.*

Quando um pássaro dá seus primeiros passos indecisos rumo à saída do ninho e salta de uma altura que lhe poderia provocar a morte, não está fazendo uma reflexão filosófica sobre a arte do voo, está apenas voando: seu gesto responde a milênios de informação genética, a síntese de seu movimento já fora produzida no seu cérebro antes de dar as primeiras batidas de asa. É claro que as 32 não organizaram um congresso de linguística antes de pronunciar as primeiras palavras naquela língua nova. A tese de Cadenas é particularmente sólida nesse ponto: a origem da língua foi a própria brincadeira. Para as 32, a necessidade da língua não vinha tanto da necessidade de comunicação, mas da necessidade de brincar. Utilizaram o espanhol como base, mas logo exerceram sobre a língua todo um exercício sincrético. Suprimiram os tempos verbais, reduzindo-os ao presente do indicativo. A informação temporal ficava no final da frase, com uma indicação genérica. Uma oração como "fui para a sua casa" era reformulada, segundo a professora, como "vou a sua casa ontem". E se do ponto de vista estrutural, a língua das 32 era sincrética, tendia à simplificação e à unificação. Do ponto de vista do vocabulário era o oposto, tendia à criatividade, ao caos, à multiplicação.

Cadenas defende a tese de que, para criar palavras novas, as 32 incluíam às vezes — como a jovem Teresa Otaño — sílabas repetidas de forma aleatória, outras alteravam a ordem das sílabas, transformando "tempo" em *potem* ou "claro" em *rocla*, mas muitas vezes apenas inventavam do nada uma palavra e a tomavam para si, o que fazia com que um só objeto pudesse ter até dois ou três termos diferentes em uso. Do último grupo — o das palavras "motivadas" — conhecemos algumas graças ao diário de Teresa Otaño e à tenacidade da professora Cadenas, como *bloda* para escuridão (ou noite), *tram* para comunidade (família, grupo) e outras tantas como *jar* (praça, ponto de encontro), *mel* (céu) ou *galo* (luta, enfrentamento). Do que não restam dúvidas é que a língua das 32 estava em uma fase muito inicial e que nem elas mesmas sabiam para onde se dirigia. Mereceria um livro à parte o mistério de que um grupo de crianças que naquele momento estava unido havia apenas seis meses — até onde sabemos — fosse capaz de aprender com tanta eficácia e velocidade os códigos de uma língua nova, mas não me ocorre nenhuma pessoa mais inapropriada do que eu para esse trabalho.

Quanto à garota que espia da janela, a jovem Teresa Otaño, é quase impossível não a imaginar imóvel, atenta. Há, em seus diários, algo que merece muito mais atenção do que a fascinação púbere por esse grupo de "pequenos selvagens": o desprezo inevitável que sente diante do que não pode compreender. Talvez o que seja verdadeiramente obscuro é que aquela garota representava um sentimento coletivo que estava começando ali, na sensação de que por mais que as víssemos nas ruas, por mais que especulássemos sobre o que significava aquilo que diziam ou onde se escondiam à noite, por mais medo que tivéssemos delas e por menos que nos atrevêssemos a reconhecer isso, aquelas crianças já tinham começado a trocar o nome de tudo.

Em certa ocasião, li que a verdadeira descoberta de Hitler depois da Primeira Guerra Mundial não foi, como se costuma pensar, que poderia canalizar a fúria e o ressentimento de uma nação para fazê-la embarcar em um projeto delirante, e sim algo minúsculo e quase banal: as pessoas não têm vida privada, os homens não têm amantes nem ficam em casa lendo um livro, na verdade, as pessoas estão sempre dispostas a participar de cerimônias, concentrações e desfiles. Agora que Maia morreu, pude chegar à conclusão de que o verdadeiro objeto do casamento não é outro senão falar e que isso é precisamente o que o distingue de outros tipos de relações pessoais, e também a de que mais se sente falta: todos esses comentários triviais, do mau humor da vizinha até a feiura da filha de um amigo, essas observações inúteis e com certeza pouco perspicazes são a essência de nossa intimidade, por isso choramos quando morre nossa mulher, nosso pai, nosso amigo.

Poucos meses depois da morte de Maia, fui acometido pela dúvida de quais seriam os prazeres secretos de minha mulher. Quais eram suas pequenas satisfações, suas compensações minúsculas. A sensação de que esses segredos de Maia morreram com ela me provocou uma angústia tão forte que senti como se sua existência completa tivesse se reagrupado em um nível subatômico. Mas sempre há um fio que se pode puxar, e logo me lembrei de suas mãos e a forma que adotavam quando explicava a seus alunos como atacar o instrumento segundo a escola russa ou francesa, dependendo do que se pretendia fazer em cada momento: precisão ou emoção. A precisão estava no braço, a emoção, nas mãos, ou mais ainda: nas falanges, nos dedos. E logo vi seus dedos e recordei, também, do concerto em nossa casa, naquele Natal de 1994, e das meninas.

Maia tinha desenvolvido esse costume muito antes de me conhecer: sempre que chegava o Natal, organizava um pequeno concerto com todos seus alunos. Cada um preparava uma peça segundo suas possibilidades e a tocava para as famílias. Ao final, ela também tocava, acompanhada por seu trio de cordas. Sempre me impressionava o rosto de minha mulher ao tocar, dava a sensação de que estava caindo no vazio, mas em uma velocidade suave que exigia uma enorme concentração. Ficava de pé, muito ereta, com aquelas pernas redondas e finas dela, uma levemente à frente da outra, e apoiava a cabeça sobre o violino de tal forma que sempre me fazia pensar que ela a recostava sobre uma almofada. A pressão do rosto sobre o instrumento fazia com que seus lábios parecessem ligeiramente mais carnudos do que o normal, e como fechava sempre os olhos, ou os abria só para dar rápidas espiadas na partitura, parecia que a música era algo que só conseguia se produzir no interior de uma escuridão relativa.

Naquele dia, o concerto foi realizado no pátio de nossa casa, e, com seu habitual espírito antinatalino, Maia tocou "O trinado do diabo", de Tartini, uma peça pela qual tinha predileção e que sempre executava muito bem. Os alunos foram desfilando numa comitiva pouco memorável, e, quando chegou a vez de Maia, eu me dei conta de que entre os arbustos que separavam nossa casa da rua apareceu o rosto de três pequenas criaturas, dois garotos e uma garota. Deviam ter entre dez e doze anos. Tinham se arrastado por baixo de toda a cerca viva, estavam com o cabelo coberto de ervas daninhas e encontravam-se escondidos sob os galhos. Pareciam três versões da mesma criatura selvagem, mas suas feições eram tão definidas e finas que até hoje consigo lembrar com nitidez. Um dos garotos tinha uma boca muito grande e expressiva, o outro tinha as pálpebras caídas e a garota, a maior dos três, uma cabeça quadrada, orelhas de abano e um aspecto exageradamente desconfiado.

O episódio das cestas de caridade havia acontecido pouco tempo antes, e durante aqueles dias a imprensa implicou comigo. Na tirinha do *El Nacional* fizeram uma caricatura minha como se eu fosse uma espécie de flautista de Hamelin que era acompanhado por uma nuvem de crianças esfarrapadas. Eu estava tão incomodado que quando vi aqueles três rostos sujos debaixo da cerca viva tomei como uma afronta pessoal. Decidi que esperaria Maia começar a tocar para agarrar pelo menos uma das crianças. Que tal uma foto agarrando com firmeza — sem violência, mas com firmeza — aquela garota e levando-a pessoalmente ao centro para menores de San Cristóbal? Não seria nada mau para encerrar o assunto antes das festas de fim de ano.

Maia começou a falar sobre a sonata de Tartini. Eu já tinha escutado ela relatar aquela história dezenas de vezes aos seus alunos. Explicou que em sua *Viagem a Itália*, em 1713, Tartini passou uma noite em uma pousada e nela teve um sonho no qual aparecia o diabo. Depois de uma conversa inquietante, vendeu sua alma em troca de um desejo: tornar-se um compositor famoso. Querendo testá-lo, entregou seu violino e pediu para que compusesse algo para ele. O diabo tocou, então, uma sonata barroca tão prodigiosa que Tartini pensou que nunca escutara nada parecido antes em sua vida, e o deslumbramento o fez acordar angustiado. Um segundo depois e à luz de uma vela — sem saber se tinha de fato vendido sua alma ao diabo por aquela peça ou se não passava de um sonho — Tartini transcreveu o pouco que recordava da melodia e a intitulou "O trinado do diabo", uma peça fantástica.

Maia fez uma pausa teatral.

— Uma sonata composta por um homem adormecido — acrescentou.

Vi como as crianças franziam o cenho no seu esconderijo. O rosto delas ainda expressava certa resistência, mas dava a sensação de que algo em seus espíritos ficara desarmado: o diabo, o sonho, talvez aquela forma tão melodramática de Maia contar as histórias enchendo-as de meias verdades. As crianças se apoiaram nas palmas das mãos e cravaram o olhar nela. Eu levantei da cadeira e me aproximei, tentando chamar o mínimo de atenção possível. Maia começou a tocar e eu me apoiei em uma árvore para dissimular. De lá, podia ver a mão da garota. Saía de debaixo do arbusto como o nariz de uma toupeira e decidi que, quando o *allegro* começasse, eu saltaria sobre ela e a agarraria com força.

Tudo aconteceu muito rapidamente e, quando saltei, o primeiro pensamento que tive é que eu tinha me excedido. A primeira coisa que senti foi que a mão era extraordinariamente pequena e estava quente demais. Tinha a dureza de uma pedrinha, mas também a familiaridade de uma mão infantil, me veio em mente a mão mil vezes repetida da menina quando saímos para passear. Puxei com força e a peguei com facilidade. Mais do que seu rosto, vi sua boca aberta, uma boca que parecia um poço diminuto. Esperneava e gritava com tanta força que por um instante pensei que não era um ser humano que tinha em meus braços, mas uma espécie de inseto gigante. Não sabia exatamente por onde eu a agarrava, as partes que parecia que seriam moles se revelavam duras, e suas articulações se dobravam em lugares imprevisíveis. A garota gritava com um guincho insuportável, e, quando tentei tapar a sua boca, os outros dois companheiros saltaram em mim e começaram a arranhar a minha cara.

Há uma estranha relação entre o terror e o pensamento, como se o primeiro fosse o inibidor do segundo e, ao mesmo tempo, seu incitador necessário. Não a soltei imediatamente, continuei agarrando com força a sua mão e cobri meu rosto com a outra para me proteger. Mais do que arranhões, senti como se estivessem me atingindo com uns galhos muito finos. Por um instante, perdi o equilíbrio e caí no chão. Soltei a garota e, um segundo depois, tudo já havia acabado. Maia se aproximou de mim.

— Está bem? Consegue me enxergar? — perguntou.

— Sim, por quê? — respondi tocando nas minhas pálpebras, mas, quando aproximei os dedos dos olhos, vi que estavam cobertos de sangue.

A ferida parecia mais escandalosa do que de fato era. Depois de lavar o rosto, tudo que restou foram uns arranhões. A sensação de que aquelas crianças tinham tentado arrancar meus olhos persistiu naquela noite, primeiro como um acontecimento, depois como um sonho. Assim como Tartini em sua pousada, eu também recebi uma visita: em meu sonho, três garotas, como se fossem três moiras, aproximavam-se e me arrancavam os olhos com suas mãos pequeninas. Eu não sentia dor física, não reagia, o sonho continuava e de repente eu estava cego e escutava suas vozes. Cantavam e brincavam ao meu redor. A escuridão deixava de ser ameaçadora e começava a ser amável. Eu me sentia inexplicavelmente em paz, como se algo nelas — ou talvez em mim — tivesse deixado, enfim, em suspenso a necessidade de resolver algo que me angustiava. Por alguma razão, era extraordinariamente prazeroso ter me livrado da necessidade de enxergar, e eu me recolhia no interior daquele sonho como se fosse um cobertor quente e macio. Mas então as garotas se aproximavam de mim e começavam a acariciar a minha cabeça. Um carinho breve, infantil.

"Você precisa ver", diziam.

E então eu abria os olhos.

Talvez não fosse tão por acaso que o assalto ao supermercado Dakota tivesse ocorrido depois das festas de fim de ano. Em nenhum momento como no Natal e no Ano-Novo se percebe que o mundo dos tristes não é igual ao dos alegres. Em San Cristóbal não tem cabanas cobertas de neve, nem perus trufados, nem papais noéis. O calor é mais sufocante em dezembro, a estação úmida é um longo período que passa indistintamente do dilúvio ao calorão e mais uma vez ao dilúvio. As telhas aquecem e as casas se transformam em saunas. A temperatura e a umidade provocam um atraso nos trâmites dos escritórios e dos serviços, as pessoas dormem pouco e mal, e fica clara a distância que pode vir a existir entre este lugar e a verdadeira civilização. Só o rio Eré continua circulando, impassível, como uma fábula cuja moral fica em suspenso.

O assalto ao supermercado Dakota ocorreu precisamente nessa época, só uma semana depois das festas, no dia 7 de janeiro de 1995. A imprensa do dia 8 é contraditória, mas ainda assim é possível compor um panorama aproximado com a soma das notícias que foram publicadas: Um grupo de quatro crianças aparece na porta do supermercado no primeiro horário da manhã, algo relativamente normal; entram, saem, pedem comida, vão embora. Até então, o dia 7 de janeiro não deixa de ser, segundo a imprensa, um dia sem incidentes, mas as crianças retornam ao meio-dia. Segundo o depoimento do gerente do Dakota, as crianças jamais retornavam mais tarde, e aquela vez não voltaram para continuar pedindo: *Sentaram-se no estacionamento que fica em frente ao supermercado e começaram a brincar.* Algumas testemunhas garantem que eram *um pouco mais velhas, de uns doze ou treze anos*, outros que não brincavam, mas *discutiam* e todas as apreciações acabam fazendo referência cedo ou tarde, com perplexidade, a uma mesma coisa: a ausência de um chefe, uma realidade que foi confirmada em todas as gravações, imagens e documentos que conservamos.

À uma da tarde, três crianças entram no estabelecimento, tentam roubar uns refrigerantes e o guarda de segurança as pega em flagrante. Até hoje impressiona a brutalidade usada pelo guarda nas gravações de segurança e a passividade — para não dizer a complacência — com a qual as pessoas que estão no supermercado contemplam a cena. Ninguém faz um só gesto para impedir que o guarda esbofeteie uma criança, ninguém balbucia a menor reprimenda. Só com essa imagem das câmeras, em frente a um tribunal internacional de menores, seria possível levar esse homem para a prisão com um julgamento rápido, mas no centro do supermercado Dakota, em plena luz do dia, e na presença de mais de quinze adultos "respeitáveis", no dia 7 de janeiro de 1995 aquele gesto não provocou a menor reação. O gerente do Dakota se justifica perante a imprensa com uma frase memorável: *Pode parecer um pouco exagerado, mas os ânimos estavam muito inflamados. Essas crianças apareciam todos os dias.*

Um advogado teria respondido a essa frase com a "regra de quantidade mínima", uma lei elementar que existe em todos os sistemas penais do mundo e garante que já que o delito é cometido por quem procura certos benefícios, para que o castigo imposto pela sociedade provoque o efeito desejado no criminoso, é necessário que o dano do castigo seja maior que o benefício obtido no delito. Para simplificar: se um ladrão rouba duas galinhas, é necessário que pague três. Trata-se de uma lei compreensível, mas catapulta a pena para um lugar imaginário, porque funda a eficácia do castigo em sua condição "desigual". Ao fazer o ladrão pagar três galinhas quando roubou duas, não se acredita tanto na justiça redistributiva nem na reinserção do ladrão quanto na inibição que o resto dos ladrões vão sentir diante do castigo que foi infligido ao primeiro. Levando essa ideia ao extremo — e se fosse possível ter certeza de que o culpado é incapaz de reincidir —, nem sequer seria necessário castigar o ladrão, bastaria isolá-lo e fazer os outros acreditarem que ele foi castigado. A fantasia desse dano seria suficiente. Com o passar do tempo, compreendi que isso é exatamente o que deveríamos ter feito com as 32: isolar um ou dois e implantar, então, na comunidade resistente a fantasia de que havíamos castigado esses desaparecidos até um ponto intolerável. Talvez a imagem de um companheiro preso e castigado ativasse neles um sentimento de indignação — ou talvez até um furioso desejo de resgate —, mas, a longo prazo, teria exercido a mesma ação que um tumor em um organismo jovem: se alimentaria justamente de sua energia.

Mas a violência não é regida por padrões previsíveis. Isso está provado nas gravações das câmeras desse 7 de janeiro. Depois da cena do guarda, não houve imediatamente uma rebelião das crianças no estacionamento, mas um longo momento de calma. Segundo as imagens (inclusive do menino que tinha sido vítima da agressão), elas tornam a sair e ficam brincando como se nada tivesse acontecido. Na gravação ainda é possível vê-las por mais meia hora ali. É uma brincadeira curiosa, parecida com essa de perseguição que costuma se chamar "polícia e ladrão", mas com uma espécie de refém. As crianças se dividem em duas equipes e perseguem uma pessoa que amarrou uma camiseta na cabeça. Uma equipe protege o perseguido enquanto a outra tenta agarrá-lo. Cada vez que eles conseguem, jogam-se uns em cima dos outros, rindo, e fazem um pequeno montinho sobre o garoto ou garota que estava com a camiseta amarrada.

A câmera não abrange todo o estacionamento, e de vez em quando é possível vê-las, mas está claro que há cada vez mais crianças lá. É como o som de uma reverberação. O que a princípio continua reproduzindo os compassos da distensão fica cada vez mais dialético. A brincadeira acaba e todos se espraiam sob a sombra de um outdoor. São 23 crianças, a menor de todas não tem mais do que dez anos, a mais velha deve ter uns treze. Observa-se como algumas discutem em grupos e que essa discussão vai se inflamando. É possível perceber o processo na linguagem corporal: de repente, quase todos os garotos estão de pé, com as mãos apoiadas no quadril, nas pontas dos pés e erguendo a cabeça sobre os ombros para escutar o que os demais falam. Umas meninas correm de grupo em grupo, não pararam de brincar. Dão um tapa na nuca em uma criança e saem correndo entre gargalhadas. Não há nenhuma autoridade, ninguém parece organizar nada e os grupos não reproduzem os movimentos próprios de um complô, não parecem estar combinando entre eles uma estratégia nem planejando um assalto. Pelo contrário, a anarquia dos movimentos mais se assemelha a uma brincadeira.

Por que continuam chegando crianças, então? Como chamaram uns aos outros? Às 14h40 é possível contar 28 no estacionamento do supermercado Dakota. É, talvez (sem contar a sinistra imagem que Gerardo Cenzana captou, um ano depois, dos 32 cadáveres no campo desportivo), a "foto de grupo" mais completa que conseguimos até então. As meninas compõem um terço do grupo, embora às vezes não seja fácil distinguir com clareza o sexo de cada um. Todos se vestem de maneira semelhante: com camisetas, jeans e bermudas. Todos estão sujos, mas em conjunto, menos do que se imaginaria, o que levanta a suspeita de que essa história de que não têm higiene deveria ser revisada.

Quando entram no supermercado, são 15h02, de acordo com o relógio da câmera. O guarda de segurança se coloca no caminho da porta, dá alguns empurrões nas primeiras crianças, mas é imediatamente avassalado pela turba infantil. O cachorro branco que sempre acompanhava um dos grupos late para um dos empregados e morde o guarda. As facas aparecem quase no mesmo instante, algumas tiradas da própria seção de ferragens do mercado, outras do açougue e da peixaria. Foi dito, muitas vezes, que as crianças assassinas compunham um grupo reduzido dentro da comunidade, que aquelas que cometeram os assassinatos foram só cinco ou seis, e que o resto manteve o tempo inteiro uma atitude infantil, uma tese que poderia muito bem ser corroborada com as imagens das câmeras de segurança. O movimento de caos e reagrupamento, de desordem e ordem, poderia ser comparado à debandada inicial e reagrupamento posterior que aconteceria com um grupo de crianças qualquer reagindo ao anúncio de que podem destruir tudo o que quiserem ao seu redor. As próprias crianças parecem desconcertadas por essa liberdade súbita e ficam se entreolhando. O primeiro surto é de alegria. Em frente aos laticínios, três crianças se dedicam a colocar caixas de leite no chão e explodi-las saltando em cima delas, enquanto outra criança esvazia um pacote de farinha na cabeça de uma menina, que começa a chorar. Um garoto solitário abre um pacote de cereais e o esvazia sobre a boca aberta, enquanto outros dois derrubam com cabos de vassoura as garrafas de vinho. Se tudo tivesse parado por aí, seria impossível olhar essas imagens sem dar um sorriso, pois reproduzem fielmente o sonho infantil de antonomásia, o levante e a rebelião contra a organização dos adultos. Mas justo nesse instante o sorriso fica congelado no rosto. Começa a carnificina.

Junto a Amadeo Roque, o diretor da polícia de San Cristóbal, o prefeito e Patricia Galindo, a juíza de família encarregada do Tribunal de Menores, classificamos naquela mesma tarde as imagens da câmera de segurança em três grupos: o grupo A era composto das que não deveriam, de modo algum, ser de domínio público, pelo seu conteúdo criminoso; o grupo B, das que não podiam ser de domínio público por motivos relacionados à investigação policial anterior ao assalto (as do estacionamento, fundamentalmente); e o C, das que se tornariam públicas pela pressão à qual a imprensa nos submetia.

É difícil descrever a natureza das primeiras. Por um lado, parece um caos escolar, os gestos de violência (quase todos eram facadas) são esquemáticos, as vítimas caem como se, mais do que terem sido de fato esfaqueadas, fingissem em uma má atuação, ou como se tivessem tropeçado. Muitas das crianças ficam agrupadas na porta, outras começam inclusive a chorar e algumas se inclinam sobre as próprias vítimas, mantendo uns metros de distância, como se estivessem entorpecidos pelo efeito do que acabam de realizar. Surpreende a duração completa do assalto, sua desorganização e como são desconectados os acontecimentos simultâneos; durante esses quase dez minutos, algumas pessoas entram, saem e voltam a entrar como se nada estivesse acontecendo, uma mulher aproveita a confusão para roubar o que parece ser uma tinta para cabelo quando, do outro lado da estante, um garoto de dez anos acabava de afundar uma faca no estômago de um adulto. A tese — para mim, a mais verossímil — de que as crianças não tinham uma intenção criminosa antes de entrar e que os assassinatos ocorreram por uma espécie de saturação da euforia e a maneira desajeitada como aconteceu é confirmada acima de tudo por dois elementos: a duração e a desorganização. Se o assalto tivesse sido planejado — inclusive se tivesse sido *mal* planejado —, teria um caráter mais despachado, menos duvidoso e, sobretudo: teria uma finalidade clara.

E, do mesmo modo que a violência foi acionada, pareceu desativar-se. Durante quatro minutos, há uma quietude impressionante em todas as pessoas que se encontram dentro do mercado: os feridos se arrastam, as crianças se reagrupam na zona da peixaria, algumas ainda estão com facas nas mãos, outras continuam jogando coisas e tem até uma que fica paralisada diante de uma das câmeras de segurança, congelada, como um pequeno peão solitário depois de uma partida de xadrez. Para o que olha tão fixamente? É tão impossível saber o que acontece mesmo nesse lugar, respirar o verdadeiro oxigênio desse recinto, que nem sequer as pessoas que sobreviveram à tragédia conseguiram explicar mais do que com frases que vão da obviedade ao incompreensível. *Foi um pesadelo. Não dá para explicar o que aconteceu*... É preciso passar por muitas páginas de lugares-comuns para encontrar duas declarações que contêm o áspero e indubitável sabor do real: a de uma mulher que jura que as crianças tinham *rosto de inseto* e a de um dos caixas de supermercado quando declara que *todos sabíamos perfeitamente o que tínhamos que fazer*. Das duas declarações, a segunda me tirou o sono por meses.

Não menos inexplicável é a resolução do assalto. Nas gravações, comprova-se que quando todas as crianças já estão agrupadas na zona da peixaria, algo lhes faz sair correndo em debandada rumo à porta. Não se trata de uma fuga, mas de um estouro de manada. Como se algo tivesse se agitado subitamente dentro delas, um terror insuperável.

Às 15h17, tudo já terminou. Há uma multidão apinhada ao redor do supermercado e as crianças desapareceram na selva. A contagem: três feridos por arma branca e dois mortos, um homem e uma mulher. Mas, sobretudo, algo menos fácil de contabilizar do que as vítimas, e infinitamente mais palpável e garantido, um sentimento parecido com o espanto: a convicção de que aquilo não passava de um primeiro passo de um processo irreversível.

A atenção de quem tem medo se parece com a atenção da pessoa apaixonada. Talvez pareça uma descoberta menor, mas, quando eu a tive nos dias que sucederam o assalto, me veio a sensação de que se uniam nela dois continentes irreconciliáveis. Eu costumava sentar no corredor de minha casa para ajudar a minha filha a fazer suas tarefas e ficava olhando a cerca viva onde três crianças enfiaram a cabeça na tarde do concerto. Parecia estranho que, sem me lembrar bem dos seus rostos, a sensação que produziram em mim continuasse tão precisa: pensava sentir a estatura, a proporção e até o peso delas. Depois olhava o rosto de minha filha, e essa mesma sensação se repetia: ela inclinava-se sobre o seu caderno e eu espiava o branco dos seus olhos e o belo contraste que criava com sua pele escura, a testa redonda e as bochechas caídas, seu cabelo rebelde e grosso.

Não é de estranhar — afirmou Victor Cobán em uma coluna do *El Imparcial* do dia 15 de janeiro de 1995 — *que olhemos para nossos filhos de outra maneira, como se tivéssemos nos tornado inimigos*. E estava cheio de razão. Havia surgido um terreno compartilhado entre o desespero que nos tomou na busca por aquelas crianças e o incômodo que de repente começamos a sentir pelas nossas; o sentimento que começava em uns terminava necessariamente nos outros, como se um não passasse da versão negativa do outro.

Durante aqueles primeiros dias, surgiram três reações contraditórias, mas também complementares: o escândalo, o desejo de vingança e a piedade. A paixão pela desgraça alheia se reavivou no calor do assalto ao supermercado. Essa mesma "piedade" disfarçada de generosidade e bons sentimentos aparentes que tanta gente havia demonstrado pelas crianças quando se limitavam a pedir esmola na rua se transformou primeiro em escândalo e depois em rancor. As famílias das vítimas acamparam diante da prefeitura pedindo cabeças (entre elas, a minha) e forçaram uma delirante reunião do plenário na qual se decidiu algo que poderia ser chamado simplesmente de "caça", mas, como se tratava de crianças, decidimos denominar de "rastreamento".

Achávamos ter localizado o acampamento delas na selva, então não nos importamos em perder algumas horas para garantirmos que, ao entrar, seríamos capazes de capturar o maior número possível. Afinal — pensamos, como se já não tivéssemos nos equivocado o bastante — não passavam de crianças, não poderiam ter ido muito longe. Nossa intenção era entrar de uma só vez, em um golpe de autoridade, e trazê-las de volta para que fossem submetidas a um Juizado de Menores, mas o episódio teve tal repercussão nacional que as coisas se complicaram inesperadamente. As imagens das câmeras eram tão inquietantes que se multiplicaram em todas as cadeias televisivas do país. A cidade se tornou um formigueiro de jornalistas, as versões e declarações dos cidadãos à polícia começaram a ficar contraditórias, as pessoas asseguravam ter visto as crianças naquela tarde e no dia seguinte, junto às suas casas, coladas às janelas no meio da noite, fuçando nas latas de lixo na escuridão. As ruas se encheram de câmeras e repórteres e um misterioso desejo de protagonismo dominou muitas testemunhas reais e as levou a fazer declarações tão fantasiosas que, se não tivessem morrido duas pessoas no dia anterior, se tornariam, instantaneamente, cômicas. Talvez fossem. Muitos anos depois dos incidentes, Maia comentou uma vez que em San Cristóbal nunca deixamos de rir, nem sequer quando acontecem os episódios mais dramáticos, e, quando me disse isso, fiquei surpreso em notar como tinha razão e como eu não havia me dado conta disso. Até nos dias mais dramáticos — e talvez justamente nesses — podia lembrar-se sempre de algum momento no qual eu tinha rido. Não se tratava apenas de que queríamos nos aliviar com alguma piada nervosa, e sim de uma descoberta aparentemente improvável e, ainda assim, lógica: não é possível contemplar de forma ininterrupta os ecos de um crime sem que algo nos faça esboçar um sorriso antes ou depois. Mas que soltássemos de quando em quando uma gargalhada não significava que não estivéssemos afundados até o pescoço. O inútil maquinário da burocracia interna havia caído sobre nós como uma rede untada de cola, o Ministério do Interior nos pedia explicações de cada decisão e, como a incompetência do gabinete do ministro Balmes era difícil de superar, nem sequer conseguíamos aprovar o orçamento para que começasse o rastreamento quanto antes.

Na primeira hora do dia 11 de janeiro, uma comitiva de cinquenta agentes começou uma batida pela margem leste do Eré. Não se tornou a ver as crianças pela cidade, por isso dávamos por certo que não podiam estar em outro lugar. Amadeo Roque, o chefe da polícia municipal, organizou a busca com uma estratégia intricada de tal modo que, quando se localizasse o grupo, o cordão policial começaria a rodeá-los até encolher o cerco. Mas a comitiva adentrou sete quilômetros na selva espessa sem encontrar mais do que rastros de dois acampamentos abandonados, algumas peças de roupa, restos de comida e alguns brinquedos. Após quinze horas de busca, um dos policiais foi picado por uma cobra coral e teve que ser levado de volta pelo rio. Quando a comitiva retornou sem as crianças e com um agente com a língua mais inchada do que uma esponja, o desânimo começou a se espalhar.

A selva tinha engolido as crianças de San Cristóbal, fez com que desaparecessem. *Se eu estivesse com elas* — escreve a apaixonada Teresa Otaño em seu diário no dia 17 de janeiro — *subiria com o gato nas árvores, e nunca conseguiriam nos encontrar*. Fosse nas árvores ou nas profundezas do rio, o mistério de onde tinham se enfiado as crianças durante aqueles quase quatro meses segue sem resolução. Hoje podemos determinar, com relativa segurança, alguns de seus movimentos e fazer um mapa parcial das zonas nas quais se esconderam, considerando as breves aparições que fizeram em uma granja de colonos no interior e em dois dos redutos Ñeê, mas saber isso também não soluciona grande coisa. De toda maneira nos escapa a natureza desses encontros. As crianças e esses grupos eram unidos pelo ressentimento em comum que tinham por San Cristóbal, então não é improvável que esse contato fosse mais amistoso do que reconheceram mais tarde. Mas, amistosos ou não, os encontros também não podem ter sido muitos, ou teríamos ficado sabendo.

A lógica humana tem uma forma particular de operar, e algumas imagens não parecem adequadas para ela. "Não pode ser, é muito absurdo", costuma-se dizer às vezes. Mas o fato de que certas coisas sejam muito absurdas não impede que aconteçam. O desaparecimento na selva das crianças de San Cristóbal foi uma dessas coisas, e o primeiro efeito que aquela imagem absurda provocou foi nos deixar a sós com nossa ilusão. Algo tinha nos golpeado e depois desaparecera. Na semana seguinte, duvidávamos não apenas de nossos sentidos, mas também da própria realidade. Pensávamos que, a qualquer momento, as folhas de um arbusto se abririam e veríamos de novo seus rostos infantis, e que quando isso acontecesse tudo voltaria ao normal. Mas as crianças não apareciam, as patrulhas policiais retornavam todos os dias ocultando a sua frustração, e cada vez que olhávamos para a selva parecia que aquela massa tinha se voltado contra nós para defender as crianças. Se não era uma fábula moral, tínhamos que reconhecer que era bem parecida com uma.

Há muitos anos, lendo um livro pouco memorável, deparei-me com uma imagem que mudou por completo a minha ideia de realidade. O autor descrevia um personagem que olha o mar e, de repente, compreende que a palavra "mar" não corresponde nunca com sua imaginação do verdadeiro mar, que sempre que disse "mar" na verdade estava pensando unicamente nessa ridícula superfície verde-azulada e coberta de espuma, e nunca no que é *realmente* o mar: uma abismal massa repleta de peixes, correntes secretas e — acima de tudo — escuridão. O mar é o verdadeiro reino das trevas. O dia em que as crianças desapareceram, os cidadãos de San Cristóbal sentiam, a respeito da selva, algo parecido. De repente, parecemos ter confundido o exterior com a substância. Em sua fuga rumo à parte secreta desse interior, as crianças tinham nos levado com elas como num batiscafo. Podemos ter parado de vê-las, mas estávamos mais próximos do que nunca, no interior de seu olhar, no centro de seu medo.

Quatro meses é tempo demais e o que aconteceu nesse período continua sendo um mistério para nós. Para as pessoas que consideram inverossímil que as crianças tenham sobrevivido sem ajuda em um ambiente tão hostil, basta relembrá-las das crianças selvagens da história, desde as crianças-lobo hessianas do século XIV, ou do garoto Bamberg, que se criou entre o gado, no fim do século XVI, até seus míticos patriarcas infantis amamentados pela loba capitolina, Rômulo e Remo.

Todas essas centenas de crianças que sobreviveram protegidas pela natureza ou pelos animais se erguem como prova humana indubitável. Em 1923, foram encontradas na Índia duas meninas de seis e quatro anos — Amala e Kamala — que tinham sido criadas por lobos em uma região de Calcutá, e, em meados do século XX, Vicente Cuacua foi criado no sul do Chile por pumas, a menina ucraniana Oxana Malaya foi criada na mesma década de 90 por cães, e uma comunidade de macacos-verdes acolheu John Ssabunnya em Uganda. A menor pesquisa prova a existência de muitos casos semelhantes, quando não ainda mais impressionantes. Foi ali, nessa perda de gravidade e simplicidade com que a criança e o animal se reconhecem, que começou o diálogo que certamente as 32 tiveram com a selva, um diálogo para o qual, cabe acrescentar, nós não fomos convidados.

Somos fascinados pelo que nos exclui, mas a fascinação não é garantia de que sob a sua sombra surja um pensamento lógico. Os maiores disparates já pensados e publicados sobre as 32 crianças são justamente as especulações sobre o que fizeram durante esses meses. Não é à toa: começamos projetando nossas qualidades onde só há uma lacuna de sentido, e acabamos acreditando que os tigres se apaixonam, que Deus é um enciumado com sede de vingança e que as árvores têm nostalgia. O homem sistematicamente humanizou aquilo que não podia compreender, dos planetas aos átomos.

Sobre esse grande vazio de sentido do que aconteceu na selva, deveríamos nos acostumar a pensar mais com a humildade do cientista do que com a arrogância do palpiteiro. Por que não contemplar a possibilidade — por mais remota e fantasiosa que pareça — de que a natureza estava preparando, com aquelas crianças, um tipo de civilização nova e alheia a esta que defendemos com uma paixão tão inexplicável? As vezes que tive esse pensamento me levaram à lembrança daqueles meses, ao modo como tudo deve ter mudado para aquelas crianças no interior da selva: a luz, o tempo, quem sabe o amor.

Quase parece uma história projetada pela mesma mente que, há milhares de anos, divertiu o sultão todas as noites para adiar mais um dia a sua execução: uma comunidade infantil encerrada no coração da selva, abandonada à própria sorte, tentando inventar o mundo sob uma abóboda de folhas que mal permite a passagem da luz. O verde da selva é a verdadeira cor da morte. Não é o branco nem o preto. O verde que tudo devora, a grande massa sedenta, heterogênea, asfixiante e poderosa na qual os fracos sustentam os fortes, os grandes roubam a luz dos pequenos, e só o microscópico ou o diminuto consegue desequilibrar os gigantes. Nessa selva, as 32 crianças sobreviveram como uma comunidade que demonstrou uma resistência atávica. Numa ocasião em que fiz uma excursão por uma das fazendas do interior, pus, por acaso, a mão sobre uma árvore na qual havia uma comunidade de cupins e tive que retirá-la no mesmo instante. Centenas de milhões de cupins devoravam o interior daquela árvore de quinze metros, produzindo um calor mais forte do que o produzido por um aquecedor. As crianças tiveram um senso de comunidade como o daqueles insetos: eram hóspedes, mas também parasitas, pareciam fracos, mas eram capazes de apagar o trabalho paciente de séculos. Não pretendo cair no mesmo erro que acabo de condenar, mas seria quase capaz de jurar que a comunidade das crianças havia abolido também o amor. Ou certo tipo de amor. O nosso.

Hoje sabemos pelo cadáver de uma das meninas, uma garota de treze anos, que estava grávida. Deve ter ocorrido, portanto, relações entre eles, também entre os mais jovens.

Aqueles meses na selva devem ter sido determinantes nesse sentido. E como começa o amor a partir do zero? Como se ama num mundo sem referências? O célebre adágio de La Rochefoucauld, de que há pessoas que nunca teriam se apaixonado se não tivessem ouvido falar do amor, tem, no caso das 32, um peso específico. Grunhiam, davam as mãos, acariciavam-se na escuridão? Como eram suas declarações de amor, seus olhares de desejo, onde terminava a ferrugem e começava o novo? Assim como fizeram brotar uma língua nova a partir do espanhol, talvez partissem de nossos gestos consagrados de amor para fazer deles outra coisa. Às vezes gosto de pensar que vimos esses gestos sem compreendê-los, que quando estavam na cidade esses surtos de humanidade ocorreram diante do nosso olhar. Algo havia nascido à nossa custa e também contrário a nós. A infância é mais poderosa do que a ficção.

Durante aquele primeiro mês, a polícia repetiu semanalmente as batidas na selva, embora com um entusiasmo cada vez menor. Havia muitos problemas em San Cristóbal, e não podíamos ter um terço da polícia local procurando um punhado de crianças, por mais que tivessem assassinado duas pessoas em um assalto a um supermercado. Só na periferia da cidade — e durante todo aquele ano — ocorria um homicídio por semana, e as margens da selva eram o cenário habitual para agressões e tráfico de drogas. Como se não fosse o bastante, o episódio do supermercado ainda gerou um recrudescimento da violência. Esse fim de semana houve mais dois assaltos, um no posto de gasolina e outro no banco mais importante da cidade. Nossa polícia local não dava conta. E a selva era o mais parecido possível a uma prisão; as crianças estavam lá, não iam para lugar algum, o mais provável é que acabassem retornando quando adoecessem ou a fome se tornasse opressora demais. Não eram elas o dilema. O dilema tinha começado de repente em um lugar imprevisível: nossos próprios filhos.

Desde o assalto, muitos pais começaram a notar algo estranho em seus filhos. O corpo emana seus sentimentos, só é preciso estar perto o bastante para perceber, mas nem sempre é fácil saber a que se devem as mudanças de humor das crianças: um olhar que foi lançado na sexta — convenientemente cozinhado na imaginação infantil — pode provocar uma crise uma semana depois. Os silêncios prolongados, a falta de apetite, o retraimento diante dos costumes que provocavam alegria... podem responder a algo perfeitamente banal ou a coisas muito sérias, e essa ambivalência costuma gerar em todos os pais um estado de alerta constante que só se entende quando se tem um filho.

Se não existissem os diários de Teresa Otaño, talvez tivéssemos acabado esquecendo aquele breve período de inquietude, mas os textos nos perseguem também, como as fotografias, possuem a insistência rugosa e grave dos testemunhos. Depois do ataque ao supermercado, Teresa Otaño faz referências em seu diário a Franziska, uma dessas lendas nas quais se mescla a tradição Ñeê e os contos populares dos imigrantes europeus que acabaram nessa região depois da Segunda Guerra. A antropologia local parece concordar que a lenda de Franziska é uma síntese entre um personagem anterior, a Bicú (uma idosa que rouba os filhos das outras mães porque ela própria não consegue ter filhos), e Franziska, uma lenda bávara com certas semelhanças à história de Aladdin.

A lenda que se conta em San Cristóbal é uma mescla das duas: Franziska nasce em uma casa muito humilde, junto ao rio Eré, todos a amam muito, e tem um belo cabelo loiro. Depois de algumas peripécias sem importância, conhece-se o dom de Franziska, ainda que de forma indireta. A muitos quilômetros de distância vive um mago que busca um tesouro há anos e descobre, através de um feitiço, que há uma garota que possui o segredo para encontrar a árvore sob a qual está enterrado. O mais interessante do conto acontece justamente nesse momento, na forma que o mago escolhe para encontrar Franziska: põe o ouvido sobre o chão e distingue, de todos os sons do mundo, os sons dos passos da criança quando volta para casa através da floresta.

Lembro-me de que, no início dos anos 90, havia uma contadora de histórias muito célebre em San Cristóbal, Margarita Matud, que relatava esse trecho com muito brio e deixava as crianças boquiabertas. Levantava-se no cenário, fantasiada de mago, e, com um grande aparelho, colocava o ouvido sobre o palco: começava-se a escutar, então, uma gravação na qual se alternavam carros, conversas em vários idiomas, furadeiras, metrôs, trens, passos apressados e lentos, até que, enfim, distinguia-se com nitidez a voz de uma garota que voltava para casa... Não seria essa, talvez, a melhor representação de estar apaixonado que se possa imaginar? A fixação do mago pela garota faz com que o resto dos barulhos do mundo se torne banal.

Em algum momento, quase como uma brincadeira, nossos filhos começaram a colocar o ouvido na terra para escutar as 32. Um gesto simples amparado em uma história que conheciam bem, a de Franziska. Se o mago tinha escutado do outro lado do mundo o som dos passos de Franziska, por que eles não poderiam ouvir as vozes e os passos daquelas crianças que não estavam a mais do que alguns quilômetros de distância? Cada vez que saímos do quarto, cada vez que ficavam a sós no jardim, entre uma aula e outra, ou em seus quartos, agachavam-se com o coração na boca e colocavam o ouvido na terra, competiam para ver quem era o primeiro a escutar essas outras crianças.

Em uma daquelas tardes, entrei de repente no banheiro e encontrei minha filha com a orelha grudada ao chão debaixo da pia. Como não fazia ideia do que estava fazendo ali, perguntei se tinha deixado cair algo.

— Nada — respondeu, enrubescendo no mesmo instante, e sua vergonha me fez enrubescer também. Cada vez que acontecia algo parecido, tinha a sensação de que ela havia crescido em uma fração de segundo, diante dos meus próprios olhos. Tinha só onze anos, mas de repente emergiam sob sua camisa uns peitos envergonhados, seus quadris se arredondaram um pouco. Cada vez se parecia menos com Maia. Seu caráter também começou a mudar. Já não queria que a acompanhassem até o colégio e ficou um pouco mais esquiva, embora com certa tendência a enrubescer por qualquer motivo.

— Quer que eu te ajude?

— Não! — ela gritou e saiu correndo, afastando-me num só movimento.

Anos depois, todos nós, adultos, encontramos nos diários de Teresa Otaño um vislumbre de uma explicação daqueles gestos. Aparece nas anotações do início de março de 1995, quando as crianças estavam desaparecidas havia aproximadamente dois meses. Teresa relata isso assim:

Primeiro, é preciso pensar nelas. Muito. Tentar imaginar que seus rostos estão muito próximos do seu e você quase consegue sentir o hálito delas. Tudo de olhos fechados. Depois, é preciso pensar nas coisas que elas pensam e falar como elas falam. Em seus pensamentos. E, se você fala como elas nos seus pensamentos, é mais fácil para que te entendam, porque elas estão fazendo o mesmo que você, mas em outro lugar. E também é necessário pensar que você não é você, porque já saiu um pouco do seu corpo e está no alto, voando pelo ar. Isso é fácil. Tem gente que diz que existem palavras mágicas, mas é mentira. A única coisa necessária é pensar com força. Isso sim. E estar sozinha, porque elas estão sozinhas também e sabem muito mais coisas do que nós.

A primeira vez que li o começo do que se conhece hoje como "a invocação das 32", senti o meu sangue gelar. Por um instante, parecia que eu estava assistindo a um ritual criado por uma garota de doze anos, e pensei no medo que deve ter sentido a minha filha quando a encontrei naquela tarde no banheiro. Costuma-se comentar o estilo seguro do texto, esse tom de "manual de instruções", mas eu diria que a intensidade provém bem mais do que foi deixado para trás: a lógica dos adultos, esse mundo que já não serve mais. Como nossos filhos poderiam nos explicar o que estavam fazendo? Não estávamos preparados nem para o seu mundo, nem para a sua lógica. Lá fora, debaixo do solo, havia esse ruído dissonante enviado de forma codificada: lá embaixo, a desordem.

Se você abrir os olhos sem querer, terá que fechá-los e começar tudo de novo porque senão não funciona. Depois você dá três voltas até se sentir tonto e se agacha, e põe a orelha no chão, tirando o cabelo do caminho antes. É um pouco estranho de início, mas logo você se acostuma. Primeiro, escuta ruídos diferentes. São os ruídos da terra. Os ruídos das formigas e dos bichos. Os ruídos das plantas quando crescem e das pessoas quando falam e respiram e os carros que passam e o rio que corre e todas as pessoas que caminham. Então você começa a pensar em algo vermelho. Não é difícil porque os olhos estão cheios de sangue e, se você colocar o rosto na luz com os olhos fechados, verá o sangue que está dentro dos olhos. Depois o vermelho fica cada vez mais vermelho e você pensa.

Não há nada igual a ver uma criança abandonada a seu próprio medo para entender como pode ser fatal a inclinação da mente rumo àquilo que pode destruí-la. Enquanto o adulto sabe que as coisas continuarão existindo, mesmo se ele não pensar nelas, a criança acha que deixarão de existir se não as sustentar com seu pensamento. Teresa Otaño acredita, sem chegar a dizer isso, que a existência do "gato" depende do seu pensamento, daí a impotência e a necessidade de "fazer um truque" através da invocação. Fica angustiada com a possibilidade de que sua memória se desfaça e deixe de ser capaz de reproduzir os traços daquele por quem está apaixonada, o seu perfil, o som de sua voz. Quer se transformar nele para poder mantê-lo no mundo. Há uma pequena digressão nesse trecho da "invocação". Durante um par de parágrafos, Teresa volta a falar do "gato", diz que talvez as crianças retornem, e comenta uma excursão que seu pai planejou para o rio naquele mesmo fim de semana, diz que "espera vê-las". Um segundo depois, a invocação dispara rumo a um lugar enlouquecido.

E o vermelho é muito vermelho. Mais vermelho do que a terra, vermelho como a lava de um vulcão muito brilhante. E os sons lutam com o vermelho e tudo luta porque se escutam os bichos e se escuta a rua e de repente há algo como um silêncio em meio ao vermelho e então aparecem as crianças que estão na selva, vivendo nas árvores. Então você tem que pensar como elas e pensar como elas é o mais difícil de tudo. Porque você está aqui e elas não. O vermelho é o que serve para você se aproximar de lá, como um carro, mas sem som. E então você pensa em todas as coisas que você tem e elas não, e nas coisas que você faz e elas não podem fazer. Porque elas não têm uma casa. Nem comida. Nem cama. E, como não têm essas coisas, dormem com os olhos abertos para não sentir medo. E entram em você. E você é elas.

Num contexto no qual metade das crianças de San Cristóbal botava a orelha contra o chão na esperança de ouvir "as crianças da selva" e a imprensa começava a nos bombardear todos os dias com artigos de psicoterapeutas sobre medos infantis, a aparição das crianças Zapata se deu em um terreno fértil. A primeira pessoa que falou de "telepatia" foi Victor Cobán, em uma crônica no *El Imparcial* do dia 7 de fevereiro de 1995. Faz referência a uma reportagem que apareceu uma semana antes no programa *Na Casa de Maite*, da rede local Telesiete, na qual apareceram pela primeira vez os irmãos Zapata, quatro irmãos — três meninos e uma menina — de cinco a nove anos, nascidos no bairro Candel, que juravam "pintar" o que as 32 lhes *diziam* nos sonhos.

Começamos a acreditar que nossas crianças conseguem se comunicar com as crianças da selva, que podem falar com elas, compartilhar sonhos e até visões conjuntas. Muitas pessoas que até agora estavam céticas se perguntam o que virá a seguir. Uma pergunta que talvez não esteja tão bem formulada. Quando uma sociedade começa a duvidar de tudo, a pergunta a se fazer não é "Existe a telepatia?", mas "Onde estamos feridos?".

Mas com certeza nem Victor Cobán nem nenhum de nós teríamos sido capazes de responder a essa pergunta, por isso preferíamos nos perguntar apenas sobre a telepatia. A credulidade na magia funciona como no amor, os que acham que são devotos e apaixonados acabam sendo-o sinceramente, e os que duvidam de seus sentimentos impedem que esses mesmos sentimentos surjam, um paradoxo que nos deixa sempre a sós com a dúvida sobre o que teríamos nos tornado se tivéssemos nos permitido acreditar. Por um lado, os desenhos dos irmãos Zapata não faziam nada além de confirmar todos os lugares-comuns que poderiam se imaginar sobre as 32 crianças sem saber nada delas: grandes bocas abertas dentro das quais havia outras bocas abertas, crianças com barrigas inchadas ou cochilando sob uma árvore, sangue e plantas silvestres... por outro, incluíam uma perspectiva nova, tão bizarra quanto verossímil: coisas que pareciam símbolos, palavras sem sentido aparente que nem sequer os próprios Zapata sabiam decifrar, mas que garantiam ter escutado nos sonhos, triângulos sobrepostos, círculos e sóis com pequenos planetas ao seu redor... Talvez as crianças Zapata não sejam conhecidas pelos seus dotes artísticos, mas isso não significava que não eram convincentes. Os desenhos eram um coquetel peculiar composto de uma parte de fantasia infantil, uma de medo sinistro e outra de expectativa invocada. O que os tornava difícil de olhar não era que fossem uma coisa ou outra, mas as três simultaneamente.

Muitas vezes foi dito que se tivessem sido um pouco mais pobres ou um pouco mais bonitos, se tivessem tido "graça demais" ou se fossem mais eloquentes, ninguém teria acreditado neles, mas os Zapata tinham um dom extraordinário: o da normalidade. Eram uma concentração de tudo o que há de plausível. Filhos de um casal composto de uma professora secundarista e um funcionário de banco, pareciam quatro duendes de um conto. Amáveis e bem-educados, os três garotos e a garota respondiam às perguntas dos jornalistas com uma secura particular e uns enormes olhos assombrados, perfeitos para a foto. Um deles ceceava. O mais velho dava uma mãozinha a cada um dos seus irmãos como um perfeito mestre de cerimônias. E a pequena não parava de sorrir. Todos tinham o lábio superior ligeiramente curvado sobre o inferior, o que lhes dava um ar de família avícola. Já antes da reportagem, tinham ganhado certa fama no bairro, e algumas das famílias dos arredores tinham começado a visitar a casa deles como se fosse um lugar de peregrinação, mas foi só com a aparição deles no programa de Maite Muñiz que o assunto adquiriu uma verdadeira dimensão pública.

A reportagem do Telesiete foi emitida no dia 5 de fevereiro de 1995 no famoso programa *Na Casa de Maite*. Maite Muñiz, apresentadora e celebridade local, era uma mulher de uns cinquenta anos, de cabelo loiro tingido, que encarnava ao mesmo tempo o melhor e o pior de San Cristóbal: era sentimental e popular, mas de uma frivolidade agressiva. Assim como em todas as famílias há indivíduos que se aplaudem e se celebram pelos mesmos motivos pelos quais outros são defenestrados, em uma cidade relativamente conservadora como a nossa a fama de Maite Muñiz não deixava de ter algo de exceção que confirmava a regra. Os três ex-maridos, os problemas com a Receita Federal, os comentários racistas feitos "sem malícia" eram perdoados em seu caso por uma questão de verdadeira simpatia e por sua inquestionável influência na opinião popular. Muitas vezes nossos piores defeitos são consequência direta de nossas melhores virtudes. O "frescor" e a naturalidade de Muñiz não se encaixavam bem com a organização básica de um programa diário que tinha que preparar seus conteúdos com uma certa previsão mínima. Maite tinha uma confiança em si mesma que superava em muito seus dotes para o improviso ao vivo, e mais de uma vez acabou provocando cortes e até problemas pessoais, alguns deles muito célebres, como a vez que confundiu o nome de uma criança com o de uma doença, ou quando chamou de "querido" o embaixador da Santa Sé, durante uma visita à região. Talvez certas coisas de Muñiz tenham sido perdoadas como se perdoaria um familiar um tanto sem noção, mas ela não deixava de ser, por isso, uma grande dama da televisão.

A aparição das crianças Zapata em *Na Casa de Maite* foi inesperada e o roteiro nem sequer tinha sido preparado, mas a queda de uma das pautas levou um dos estagiários a propor o tema. Quatro horas depois, já estavam fazendo uma conexão por vídeo improvisada na casa da família. De início se enxerga a casa, o pátio, a forma um tanto naïve na qual os pais colocaram os desenhos dos filhos sobre um aparador, em uma espécie de altarzinho improvisado. Depois aparecem as crianças, que Maite vai entrevistando uma por uma do estúdio, com perguntas simples e maternais. As crianças às vezes tomam a palavra uma da outra e terminam as frases de seus irmãos como se fosse combinado. *Elas nos falam coisas com a mente*, a pequena diz. *À noite*, diz o irmão com ceceio. Um roteirista experiente não seria capaz de criá-los com maior eficiência.

— E o que falam?

— Que estão com fome — afirma inesperadamente o mais velho dos Zapata.

A pequena é a mais comovente dos quatro. Dá constantemente a mão para o seu irmão mais velho e é a única dos quatro que parece ter um pouco de picardia. De quando em quando, vira-se para seus irmãos e ri disfarçadamente, para logo voltar-se outra vez para as câmeras com uma seriedade teatral.

Quinze minutos depois, e completamente fora do roteiro, Maite Muñiz improvisa um célebre monólogo no qual garante que ela *acredita* nessas crianças, que os Zapata são uma ponte, uma conexão para nos ajudar a "corrigir nossos erros", que devemos reagir... Fez-se tanta troça daquele programa que as pessoas evitam reconhecer que aquele dia comoveu a todos nós. Não se tratava apenas das palavras mais ou menos cafonas de Muñiz (não estaria fazendo um favor a ela se as reproduzisse aqui), mas de algo que todos estávamos sentindo dentro de nós e a que, de alguma forma, estávamos resistindo. Algo ainda sem nome ou com um nome impronunciável. De repente, aquele programa de televisão nos permitiu "sentir" isso. Talvez pareça um pouco ridículo contando dessa maneira, mas é algo de precisão científica: Maite Muñiz foi o canal através do qual se manifestou nosso desejo de que aquelas crianças voltassem. Eu vi o programa no dia seguinte, na reprise que fizeram do programa completo. Passei o dia todo ouvindo os comentários das pessoas que assistiram, e quando cheguei em casa não perdi a oportunidade de ligar a televisão. Consegui ficar mais ou menos tranquilo durante a maior parte do programa, mas não fiquei surpreso quando minha vista se turvou no momento em que o mais velho dos Zapata disse "Falam que estão com fome". Virei-me para trás. A menina estava no sofá, com a cabeça apoiada nas pernas de Maia. Não nos atrevíamos a trocar olhares. Nós três estávamos comovidos.

Comentou-se, também, muitas vezes, que o mundo natural da superstição de San Cristóbal tomou conta do resto, mas as pessoas de fora da cidade não sabem até que ponto foi assim nem até onde a magia branca constitui um autêntico poder fático em toda a região. Um ano antes dos incidentes, o departamento de Serviços Sociais da prefeitura fez um estudo estatístico sobre magia branca com resultados espantosos: quatro a cada dez pessoas entre vinte e sessenta anos afirmaram ter recorrido a magia branca pelo menos uma vez nos últimos doze meses, amarrações, vidência, runas, maus-olhados... O mau-olhado é, acima de tudo, o medo por antonomásia do morador de San Cristóbal, o que descreve muito bem o seu caráter. Muitas vezes basta que alguém perceba na rua um olhar fixo por mais de uns segundos para que fique paralisado de medo.

Poucas horas depois da exibição de *Na Casa de Maite*, já havia dezenas de curiosos na casa dos Zapata. De modo involuntário, Muñiz tinha formulado algo que estava em nossas consciências: *Não passam de crianças!* Crianças que botamos para correr com nossa animosidade, que tratamos como delinquentes, que encurralamos e de cuja morte poderíamos muito bem estar sendo responsáveis naquele mesmo instante. *Crianças escolhidas!* Debaixo desses palmos de frivolidade, a palavra mágica tinha sido pronunciada, mas essa palavra mágica não só gerara a conscientização como também um poderoso efeito de chamado a todas as bruxas numa área de cem quilômetros.

Durante a semana seguinte, a casa dos Zapata se tornou um autêntico formigueiro. Todos queriam um pequeno pedaço do bolo. Todos queriam ver os desenhos, tocar nas crianças, falar com os pais. Cada vez que apareciam os quatro juntos, estavam mais compactados, como se já não pudessem andar de um lado para outro sem se tocar. As crianças Zapata estavam assustadas e seus pais mais ainda. Em uma daquelas ocasiões, abriram a porta para mostrar as crianças, atendendo a pedidos, e as pessoas que estavam postadas em frente à casa avançaram com tanta força que quase as esmagaram. Começaram a levar pessoas doentes para vê-las. Na prefeitura, tivemos que solicitar um cordão policial para proteger aquela casa humilde na qual, com certeza, não havia nenhum objeto de valor, mas, em vez de garantir a segurança da família, acabamos reforçando o contrário: a louca suposição de que realmente havia algo a esconder. As crianças nem sequer podiam ir para a escola e os pais tiveram que pedir uma licença para permanecer entrincheirados em seu próprio lar durante quase uma semana.

Em duas ocasiões, o pai sai à porta para pedir respeito e privacidade para sua família. *Não fizemos mal a ninguém*, ele diz, de maneira um tanto absurda, e depois retorna, meio acovardado, mas com uma dignidade teatral, como se quisesse congelar cada um daqueles jornalistas com o olhar. *Não sabem o que estão fazendo*, afirma.

No oitavo dia, ocorreu uma avalanche repentina rumo ao interior da casa. Quinze pessoas entram pela janela às duas da manhã e roubam os desenhos das crianças. Uma mulher chega a cortar com tesouras uma mecha de cabelo de um dos irmãos, com certeza para alguma amarração, e na fuga algum desalmado (que com certeza conhecia bem o esconderijo) rouba as economias que a família guardava em uma caixa no quarto das crianças. No telejornal local da manhã, mostraram os destroços da incursão. O pai vai mostrando um depois do outro os cômodos arrasados e diz que enviaram as crianças para a casa de parentes, por segurança. Duas horas depois, é a mãe que convoca a imprensa na porta de sua casa. Com uma dignidade muito diferente da do pai, e como se fosse mais normal para ela, a mulher sobe em uma pequena banqueta para que não a atropelem. Está com a respiração agitada, mas possui o tom de voz de uma professora que tenta apaziguar um grupo que antes era incapaz de levar a sério, mas de quem agora tem medo.

Pede silêncio.

Não fala por alguns segundos, até que os jornalistas enfim fazem silêncio e só se escuta o barulho das cigarras.

Depois deixa cair a bomba.

É tudo mentira, fala, *espero que entendam, é coisa de criança.*

A perda da confiança se parece com o coração partido. As duas coisas delatam uma ferida interna, as duas fazem com que nos sintamos mais velhos do que somos. Depois da revelação da mentira dos irmãos Zapata, San Cristóbal se tornou um lugar tenso para viver, um lugar no qual nossos filhos continuavam botando o ouvido na terra com a fé de que escutariam as mensagens que as 32 mandavam, e nós tínhamos começado a suspeitar do indubitável por antonomásia: da sua inocência. É verdade que não teríamos sido capazes de enunciar isso com essas palavras. Só se pode descrever com precisão o que se deixou de sentir, aquilo para o que já encontramos um limite. A luta por narrar os sentimentos que ainda temos é, talvez, a mais comovente e inútil de todas. Talvez por isso nem sequer hoje, vinte e um anos mais tarde, seja fácil comunicar essa perda.

Talvez os episódios que ocorreram durante aqueles últimos meses tenham nos feito perder a fé nessa religião da infância, mas para as crianças não era muito mais fácil, pois não acordavam em um mundo menos hostil. Para as crianças, o mundo é um museu no qual os vigias adultos podem ser amorosos na maior parte do tempo, mas nem por isso deixam de impor as regras: tudo é maciço, tudo existiu desde sempre e veio antes delas. Em troca desse amor, são obrigadas a sustentar o mito de sua inocência. Não apenas têm de ser inocentes, precisam representar essa inocência.

O caso dos Zapata implicou na expulsão das crianças de nossa religião oficial. Tínhamos que castigar alguém, e, como não pudemos castigar nossos filhos, decidimos castigar as 32. Não apenas tinham recusado representar para nós o mito do paraíso perdido como também haviam começado a infectar nossas crianças. Eram a ovelha negra, a ferida viscosa que acaba estragando a fruta. Talvez muitas pessoas achem inverossímil uma mudança de atitude tão brusca: convido-os a passar uma tarde na hemeroteca comprovando a mudança de tom manifestada na imprensa depois da declaração da mãe dos Zapata.

E não apenas na imprensa.

De acordo com a ata do plenário da prefeitura de San Cristóbal, e no terceiro tópico de pedidos e demandas do dia 13 de fevereiro de 1995, a deputada Isabel Plante propôs pela primeira vez uma revisão da idade penal no distrito. O anteprojeto de lei — desenvolvido quase especificamente para o caso das 32 — pretendia abolir a disposição da lei geral do menor que afirmava que, em caso de delitos menores ou de colaborações em delitos de primeiro grau, qualquer indivíduo menor de treze anos ficava eximido de cumprir pena na cadeia; em vez disso, teria uma tutela vigiada por uma comissão civil. Segundo a sra. Plante, o caso das então chamadas "crianças da selva" era tão extraordinário que exigia uma legislação particular. Propunha penas de reclusão em centros especializados para as crianças menores de treze anos que tivessem participado do ataque ao supermercado Dakota e que não tivessem tutores conhecidos, e de prisão regulamentada para os maiores de treze no centro penitenciário da província. Prevendo o caso de não ser aprovado por maioria absoluta (como seria necessário para que o anteprojeto avançasse) e sabendo, além disso, que o simples processo burocrático demoraria pelo menos três ou quatro meses, a sra. Plante apelava à urgência das circunstâncias e propunha criar, de maneira provisória, um "Patronato de reabilitação" para reformar essa infância delinquente que tantos danos já tinha causado à comunidade de San Cristóbal e que agora estava "se rearmando" (a palavra é literal) na selva para atacar de novo.

O mais inquietante de tudo não foi que uma deputada conservadora propusesse um anteprojeto de lei que implicava num atropelo dos direitos mais básicos do menor, e sim que a proposta fosse referendada por setenta por cento da reunião sem nem pestanejar. Como disse muitos anos depois a vereadora liberal Margarita Schneider, referindo-se àqueles dias: *Era insuportavelmente estranho... mas era suportável.* Tínhamos aprendido a fazer coisas com a mão direita sem que a mão esquerda o soubesse e, ao fazer isso, não apenas tínhamos nos dado conta de que não era tão difícil, como de algo ainda mais temível: que não nos sentíamos tão mal, afinal de contas.

Mas nossos filhos continuavam nos seus devaneios. Com nossa evidente mudança de atitude, em vez de dissuadi-los, conseguimos o contrário: validar a admiração secreta deles. As 32 haviam se tornado o lugar privado deles, o quarto no qual decidiram que não poderíamos entrar. Não estou me referindo aos menores do que elas, que tinham tanto medo como nós, mas às crianças da mesma idade, os meninos e meninas de nove a treze anos. Algo tinha dividido a infância.

Em *A vigilância*, o já citado ensaio sobre os incidentes da professora García Rivelles, há uma avaliação interessante: *O dilema da suposta influência das 32 sobre as crianças de San Cristóbal foi provocado de maneira inversa em relação a qualquer "má influência tradicional". As 32 exerciam seu domínio a partir de um não lugar. Os pais não podiam dizer para seus filhos não se comportarem como crianças que não viam, que não estavam nas ruas e que, para ser sincero, ninguém sabia àquela altura se ainda estavam vivas. Ao não estar em lugar concreto algum, as 32 conseguiram o impensável: estar em todos as partes. E, diante da pergunta elementar de que não se comportassem como as outras crianças, a resposta igualmente básica teria sido: Comportar-se como quem?*

Assim era a situação. Ao ter perdido a sua "realidade", as 32 se tornaram o monstro perfeito, mas um monstro que exercia sua ação mais nos pesadelos dos adultos do que nos das próprias crianças. As 32 eram o vazio inexpugnável no qual se podia projetar tanto o fascinante como o temível, a tela perfeita. E prossegue García Rivelles:

As crianças de San Cristóbal entenderam de maneira intuitiva que a fantasia era a virtude das 32. Diremos que se trata de uma inteligência que se desperta ou que adota uma ideia que o outro oferece? Pense o que quiser. Em minha opinião, trata-se de um autêntico despertar. O poder que as 32 tinham sobre a fantasia das crianças de San Cristóbal era algo como um privilégio supremo e a fonte de seus direitos futuros.

Ou, para dizer de outro modo: "A sua liberdade é a garantia de nossa liberdade futura". As crianças estavam livres justo no exato lugar em que nós estávamos feridos, na desconfiança. Quando chegasse o momento, nossos filhos se encarregariam de retomar o papel das 32 sem nenhuma diferença, era questão de tempo, eles eram seus herdeiros. O mais assombroso era a forma como esse trato ficou consentido de maneira passiva: as crianças de San Cristóbal pareciam assumir as mortes perpetradas pelas 32 mediante uma brusca troca de papéis. E, mais uma vez, García Rivelles, dessa vez com um tom quase nietzschiano:

Eu o criei, você me criou, estamos em paz. Ou talvez não. É o meu sangue que escorre pela sua faca.

Não acredito que muitas pessoas tenham se atrevido a pensar sobre os incidentes de San Cristóbal com uma liberdade tão grande quanto a que García Rivelles demonstra nesse ensaio. Mostra-se capaz de algo quase impossível: libertar-se de todos os lugares-comuns relacionados à infância para pensar o que aconteceu sob uma ótica que provém apenas dos acontecimentos. Mas, para descobrir um lugar comum é preciso, antes, ter padecido dele, e, para superá-lo, é preciso tê-lo empregado. O mundo da infância nos esmagava com suas ideias préconcebidas, por isso boa parte da raiva que as pessoas sentiram diante das 32 não teve tanto a ver com ser ou não natural que umas crianças tivessem perpetrado um ato violento, mas com a fúria que essas mesmas crianças provocavam por não terem se adequado ao almiscarado estereótipo da infância.

Seja como for, o pior ainda estava por vir. Talvez o mais irônico de tudo é que, no fundo, não deixamos de suspeitar disso nem por um instante.

As narrativas e as crônicas são como os mapas. De um lado estão as cores grandes e sólidas dos continentes, esses episódios coletivos dos quais todos se lembram, do outro, as profundezas das emoções privadas, os oceanos. Aconteceu num domingo à tarde, duas ou três semanas depois daquele plenário no qual foi criado o "Patronato de reabilitação". Maia e a menina estavam em casa. Fazia muito calor, mas o nosso corpo já tinha se acostumado com a estação úmida. Estávamos inchados e nos movimentávamos de modo estranhamente rítmico, os músculos frouxos e a consciência aturdida. O ruído das cigarras era ensurdecedor e, como tinha chovido na primeira hora da manhã, a umidade havia se transformado em um calorão abafado. Tínhamos feito uma massa caseira para comer e à tarde nos encontrávamos meio sonolentos, nessa melancolia que a comida dá nos domingos.

Quando tocou a campainha, quase não fui atender, mas acabei me levantando. Maia e a menina dormiam. Abri a porta da rua e vi um homem mestiço da minha idade, elegantemente vestido, bonito, apesar de baixinho. Respondia ao cânone da beleza masculina local: imberbe, com o queixo afiado. Perguntou por mim com um marcado sotaque de San Cristóbal e respondi que era eu mesmo.

— Sou o pai de Maia — disse.

Demorei tanto tempo para reagir que ele acrescentou:

— O pai da menina.

Não se tratava apenas do inesperado da declaração, mas da própria situação. Os traços que eu amava na menina, exatamente os mesmos traços, estavam presentes nele numa condição neutra: o nariz pequeno, a boca como uma mancha marrom, os olhos densos. E, ao mesmo tempo que aqueles traços flutuavam dispersos, sentia uma espécie de inveja deles, como se não pudesse evitar de desejá-los para mim. Fiz a pergunta mais absurda que se possa imaginar:

— Você quer dinheiro?

O homem me olhou surpreso, mas com essa passividade tão própria das pessoas de San Cristóbal que faz com que pareçam sábios quando, na verdade, são apenas cautelosos.

— Queria falar com você.

Saí da casa e fechei a porta, caminhamos duzentos metros até a trilha do rio sob aquele sol infernal, sem nos falar. Era tão urgente me afastar de casa que nem sequer parei para pensar no ridículo da situação. Olhei-o de relance algumas vezes e vi como caminhava ao meu lado. Quando conheci Maia, tinha perguntado muitas vezes pelo pai da menina, mas ela sempre me respondeu com evasivas. Depois de insistir até não poder mais, disse-me que ele não existia para ela, que nem sequer sabia onde estava e que gostaria que eu fosse o pai da menina. Durante nosso primeiro ano de casados, a presença fantasmagórica daquele homem me fez sofrer em silêncio, mas por fim acabei rendendo-me à evidência de que ele tinha desaparecido por completo. O que fazia ali tão de repente? Vestia umas calças brancas de linho e uma camisa de manga curta aberta quase até o esterno. Pareceu-me mundano e decidido, um pouco extravagante, mas com a extravagância que um comerciante pode se permitir, não um homem de classe alta. Quando paramos ao lado do rio, e voltei a encará-lo, entendi por que Maia se sentiu atraída por aquele homem. Tinha uma tranquilidade de madeira. Não pude evitar imaginá-los juntos.

— Sinto muito ter incomodado — ele disse com um tom submisso, e, como eu não respondi, ele continuou: — Você está encarregado das crianças.

— Está falando das crianças da selva? — A situação era tão desconcertante que nem sequer era capaz de entender o significado mais básico das palavras.

— Uma delas é um filho meu.

Não era a primeira vez que acontecia algo assim. As imagens que tinham aparecido na imprensa depois do assalto ao supermercado Dakota levaram muitas famílias com filhos desaparecidos havia tempos a identificar naquelas fotografias o rosto de seu filho ou filha, algo quase impossível. O desespero natural os levava a acreditar quando já não havia nenhuma razão lógica para isso. Eu mesmo tinha atendido algumas daquelas famílias e recolhido a documentação que nos traziam, muitas crianças estavam desaparecidas havia anos e bastava um cálculo básico de idade para se dar conta de que era impossível que pudessem coincidir com a daquelas crianças.

Mas aquele homem era diferente. Aquele homem era como eu. Pior ainda: era estranho, anônimo e, ao mesmo tempo, absurdamente familiar. A cara da menina estava contida na sua e Maia tinha ido para cama com ele, talvez o tenha até amado. Ele levou a mão ao bolso e puxou uma carteira de couro. Entregou-me uma fotografia de um menino de doze anos tão parecido com a menina que fiquei abismado.

— Chama-se Antonio — disse, como se com isso tudo ficasse resolvido. — Você sabe onde estão, não?

— Não, não sei, ninguém sabe.

Ele me olhou com desconfiança.

— Sei que você está com elas.

A situação se tornou intolerável de um segundo para o outro: o calor, o ciúme, a familiaridade com a qual me tratava. Senti-me encurralado e furioso. Já estava dando meia-volta para ir embora quando ele fez algo imprevisto, agarrou-me pelo colarinho e com o olhar aceso, disse:

— Você tem de encontrá-lo, ouviu?

Fui um homem tranquilo durante toda a minha vida, mas, nas poucas ocasiões em que vivenciei a violência — como naquele instante —, ela sempre se manifestava como um súbito aumento de temperatura no crânio. De repente, as palavras soam de modo diferente, os pensamentos viram emoções, não se sabe mais o que nos levou até ali, é como uma sensação de ser extirpado. Dei um empurrão tão violento nele que quase caiu de costas. Eu estava furioso, mas ele estava despreparado. Voltou a avançar na minha direção e, como eu não sabia o que ele queria, dei-lhe um soco nervoso na parte superior da orelha esquerda. Foi como golpear o lombo de um cavalo e sentir sob as juntas dos dedos a firmeza do osso de um animal. Ele nem sequer gemeu, ergueu-se de novo e, com uma humildade que não consegui entender no momento (mas que entendo agora: a forçada humildade do desespero), enfiou no meu bolso da camisa a foto de seu filho. Enquanto tentava recuperar o fôlego, e ainda com a cabeça obnubilada, ficamos calados por uns instantes, sem saber o que fazer. Ele passou a mão pela orelha e levou-a em frente aos olhos para ver se sangrava, eu me apoiei no parapeito da trilha e olhei ao redor com medo que alguém tivesse nos visto. Não havia absolutamente ninguém. As toneladas de água do Eré faziam um ruído surdo ao se deslocar. Senti vergonha por ter batido nele. Tinha olhos sinceros, um nariz sincero, uma boca e um queixo sinceros. Era o pai da menina. De repente soube que não tinha motivos para temer. O desespero daquele homem era parecido com a presença do rio, a energia gerada por essa massa descomunal que transportava milhões de toneladas de água e areia. Havia cruzado um limite imposto. Intuí — soube — que Maia e ele haviam se falado em algum momento desde a nossa chegada à cidade e que Maia tinha lhe proibido de se aproximar de nossa casa. Intuí — soube — que, apesar de que talvez teria gostado de ver a menina, devia ter refeito sua vida e evidentemente tivera outros filhos, entre eles, aquele Antonio. Quis pedir desculpas, mas não fui capaz e dei um passo em sua direção. Ele não se mexeu.

— Vamos encontrar todos — disse, tentando lembrar seu nome e me dando conta de que, na verdade, não sabia. Ele deve ter notado, pois disse:

— Antonio.

Retornei lentamente para casa. Não sabia se havia me despedido de Antonio ou não. Lembrava que tinha tentado devolver-lhe a fotografia e que ele a tinha enfiado outra vez no bolso de minha camisa, lembrava que, para deixar de encará-lo, desviei a vista para uma dessas grandes folhas que costumam ser chamadas de orelhas de elefante e que tive a impressão de sentir o que há de mole e carnoso no vegetal, essa selva que se adentrava na cidade de novo e de novo, como se esperasse a menor oportunidade para recuperar seu terreno. Quando cheguei em casa, Maia continuava adormecida. Parecia menor do que antes, tão pequena quanto quando eu a conheci em Estepí. Desabei ao seu lado e ela abriu os olhos ao sentir o meu peso sobre o colchão.

— Você está suando — disse. — Por onde andava?

— Dando um passeio.

Não perguntou mais nada. Estendeu o dedo indicador e secou uma gota do meu suor com a ponta do dedo. Pela primeira vez, pensei que talvez tivesse feito esse gesto com Antonio. Exatamente o mesmo gesto. E quantos outros. Achei triste não poder criar gestos novos para cada pessoa que amamos, essa necessidade de arrastar sempre os mesmos gestos monótonos.

Temi que descobrisse a foto do menino no bolso de minha camisa e a tirei sem olhá-la. Ela interpretou de forma errada o gesto e tirou a sua também. Continuei com o equívoco e fiquei completamente nu. Ela também. Apesar dos anos, continuava parecendo um corpo juvenil; os peitos pequenos, o corpo quase sem quadril, como o de um rapaz. Quando estava nua, dava a sensação de que podia olhar a partir de qualquer parte de seu corpo. Sua barriga costumava palpitar.

Entrei nela com uma espécie de rigor, beijando-a no pescoço para evitar que me olhasse. Sentia algo perverso em mim: como se o que me excitasse fosse precisamente saber que ela tinha falado com Antonio pelas minhas costas. Nos conhecíamos bem, sabíamos o que procurar um no outro e estávamos familiarizados com as esquinas de cada um. Estava claro que queríamos ser rápidos e diretos. E fomos. Mas também senti nela um desespero menos habitual: na metade daquela dança familiar, abraçou-me com força e, por um instante, parecia tremer. Logo apoiou o queixo no meu ombro e sussurrou que me amava.

Ao terminar, ficamos com o olhar cravado no ventilador de teto. Parecia que tínhamos que falar de muitas coisas e de nada ao mesmo tempo. Talvez uma das maiores surpresas do casamento seja precisamente essa formalidade inevitável, inclusive quando uma pessoa conhece o corpo e os hábitos do outro melhor que os próprios. A luz entrava pelas frestas da persiana e desenhava uma curva sob seu nariz, uma espécie de sorriso. O rosto hermético de minha mulher voltou a me maravilhar.

— Você se arrepende de ter casado comigo? — perguntei.

Nunca tinha feito uma pergunta nem remotamente parecida. Era uma dessas perguntas defeituosas, nascidas do simples egoísmo ou da insegurança. Sempre consegui evitá-las, por algum motivo não fui capaz naquela vez. Estava machucado.

— Você é o meu amor.

— Isso não responde à pergunta — insisti.

Ela sorriu. Um sorriso seco, como uma ardência, um gesto involuntário.

— Com certeza responde — disse.

Penso naquelas semanas e a única coisa que enxergo é o rosto desse menino. Até hoje guardo a fotografia, mas, por algum motivo, a imagem parece diferente da minha lembrança. É aquela (e não esta: um menino comum com o cenho franzido) que vem à memória quando fecho os olhos. O rosto é oval e redondo, como o da menina. Os traços são parecidos também, mas nele têm um ar mais audaz, como se na menina ainda permanecesse velado enquanto esse rosto já tinha adotado o ar da pré-adolescência.

Quando o procurei nas gravações das câmeras de segurança do supermercado Dakota, vi-o no mesmo instante. Era um pouco mais baixo que os demais, mas tinha um corte de cabelo muito característico, com a franja no meio da testa, cortada reta como uma tigela. Só podia ser ele. Era dos primeiros a entrar e também um dos assassinos. Em um dado momento, aproximava-se com uma tranquilidade pasmosa de Feni Martínez (uma das vítimas) e afundava três vezes uma faca de destrinchar na sua barriga. Depois ficava imóvel, observando-a enquanto ela desabava e sangrava no chão. Ao contrário do resto dos assassinatos que ocorreram no assalto, o do menino Antonio Lara não parece uma brincadeira, tem um horror que não desaparece. É quase cerimonioso, estudado. Fica de pé olhando a sua vítima durante uns segundos e a seguir se agacha para observá-la de perto ou talvez para dizer algo. Durante o último segundo, os dois se calibram com o olhar. O menino estende a mão sem tocá-la. Esse gesto causa uma sensação sinistra. Algo perturbado e, ao mesmo tempo, perfeitamente infantil.

A imagem de Antonio ocupa toda a lembrança dessas semanas. A imagem física, a imagem mental, como se uma se alimentasse da outra através de um canal interno e fosse engordando um pouco mais a cada dia. Não podia olhar para a menina sem vê-lo, flutuando sobre cada gesto dela. Parecia que a qualquer momento o sangue acabaria chamando o sangue e ela colocaria o ouvido sobre o solo ou fecharia os olhos e escutaria a voz nos sonhos, como os irmãos Zapata. Talvez os Zapata não estivessem mentindo. Talvez tudo fosse verdade, afinal de contas, e houvesse um grande fluxo de sonhos e pensamentos vindo da selva para as nossas casas.

Quando ficava a sós no meu escritório da prefeitura, pegava a foto daquele garoto e a colocava ao lado da de Maia e da menina. Isso provocava, então, um efeito extravagante, uma naturalidade carregada de estática entre os três. Ao retornar para casa, procurava a menina com mais desespero que o normal e ela se esquivava. Era doloroso, mas, ao mesmo tempo, eu dizia a mim mesmo que ela estava a ponto de se tornar uma senhorita e que essa retração era normal na sua idade. Eu entendia, mas, por algum motivo, tudo me causava inquietude. Via sinais em todas as partes, na menina, nas ruas, na temperatura, até nos gestos positivos; na amabilidade de Maia, na beleza do rio, no silêncio oco cada vez que as cigarras paravam de cantar, na selva.

Maia ensaiava, na época, o concerto de violino de Sibelius, talvez uma das peças mais belas que a escutei interpretar na vida. Acreditava que conseguiria arrecadar fundos para tocar como primeiro-violino em uma orquestra local, mas a ambição podia ser excessiva, e aquela peça superava um pouco as suas habilidades, era rigorosa demais, as frases da melodia eram tão precisas que um pequeno erro desmontava o sentido total. Eu a via se esforçar várias vezes naquela peça que quase ninguém ia entender e, para mim, parecia que a frase inteira daquela partitura crescia sob sua pele. A melodia de Sibelius era como as veias, simples e firme como uma cascata de pressões, de gestos diminutos.

Foi quando começaram as ocorrências. Quando começaram a desaparecer as crianças. As nossas crianças. De início, ninguém acreditava naquilo, os casos pareciam isolados e sem relação entre si. Esperava-se que elas apareceriam cedo ou tarde, que a polícia telefonaria de um posto de gasolina com as crianças pela mão, ou que alguém as encontraria em frente a alguma casa e ligaria para a prefeitura, mas as horas continuavam transcorrendo de maneira angustiante. Teríamos preferido um sequestrador. Até mesmo um assassino. Qualquer tipo de terror que fosse familiar. O primeiro desaparecimento foi no dia 6 de março: Alejandro Míguez, de nove anos, filho de um cardiologista e de uma funcionária dos correios; a segunda, dois dias depois, Martina Castro, filha de dois funcionários do serviço de limpeza da prefeitura; o terceiro, Pablo Flores, de onze anos, filho de um jovem pai viúvo, economista do *El Imparcial* de San Cristóbal.

Desapareceram entre 6 e 10 de março de 1995. Quase dá raiva ler hoje a imprensa local da época. Fala-se do desaparecimento das crianças e, junto às fotografias, há matérias sobre o tráfico de crianças ou índices de sequestros-relâmpago. Esse silêncio sobre as 32 é o termômetro perfeito de até que ponto não queríamos verbalizar aquilo em que não nos atrevíamos a pensar. Até o próprio Victor Cobán parece desconcertado e escreve um artigo cheio de obviedades sobre os perigos da liberdade com a qual nossas crianças andavam sozinhas naquela época, como se o único problema fosse que não déssemos a mão para atravessar a rua ou que brincassem sem supervisão nos parques em frente às nossas casas.

O que precisa ocorrer para que três crianças de classe média, perfeitamente educadas e sem grandes dilemas familiares, alguns deles até naturalmente assustadiços, se acreditarmos no testemunho de suas próprias famílias, saiam um dia pela janela de suas casas ou por baixo das cercas vivas de seus jardins para juntar-se a um pequeno bando infantil recluso na selva? Mesmo se tivéssemos descoberto como faziam para entrar em contato com eles, o que os levou a sair de casa, que eletricidade saltou de um para os outros? Nem sequer as crianças que não conseguiram se juntar às outras e as que foram pegas "*in fraganti*" com um pé na janela ou a ponto de fugir de casa foram capazes de explicar direito. Quando eram interrogadas, começavam a chorar, ofuscadas, como se a violência da pergunta fosse maior do que o que as havia levado a tentar escapar. Diziam que queriam ir até os seus "amigos", mas, quando se perguntava quais amigos, descreviam lugares e situações em que seria impossível que ninguém tivesse se aproximado delas.

Comentou-se também, em muitos lugares, acerca dos episódios que ocorreram naqueles dias, as gravações das câmeras de algumas lojas e casas privadas nas quais apareciam crianças em horários sempre noturnos. É verdade que foram verificados vários roubos de alimentos durante aquela semana e que tudo parece indicar que foram elas, mas das imagens que Valeria Danas inclui em seu tendencioso documentário *As crianças* só há uma que, de fato, pertence a essas semanas: uma gravação caseira feita por um pai assustado na qual é possível ver um grupo de quatro crianças de uns doze anos saltar a cerca de uma casa e falar com outra que se debruça na janela. A cena tem a rugosidade do noturno: de um lado se vê o grupo de crianças com os narizinhos levantados em direção à janela, amontoadas umas sobre as outras com o ar de uma só criatura, do outro se vê um menino seduzido, na solidão do rei.

Sempre que vejo essa imagem tento me lembrar das estratégias de sedução infantil tal como eu as vi na menina quando eu a acompanhava durante os primeiros anos no parque em Estepí; a fórmula sempre grosseira, a aproximação e o retraimento, o risco da exposição e a beleza do triunfo sobre a vontade alheia, a sensação tão difícil de se comunicar mas tão fácil de reconhecer de que conseguiu a atenção do outro. A dialética da sedução entre as crianças é muito mais instintiva do que a dos adultos, tem outra temperatura, outra lógica e, é claro, outra violência.

Nessa imagem noturna se enxerga como o menino grudado à janela para de sentir medo pouco a pouco. Há uma série de expressões faciais encadeadas que confirmam isso, e depois um gesto um tanto bobo que parece um sorriso, como se o grupo de crianças tivesse feito algo divertido e convincente. A criança da janela desaparece e retorna em poucos minutos com umas latas, mas a conversa não acaba ali. Ele se inclina e toca o cabelo delas, primeiro de um e depois de outra que se ergue sobre todos e revela ser uma garota. Uma bela garota com um cabelo desgrenhado, uma leoa em miniatura. Talvez eu tenha visto essa cena mais de vinte vezes e em situações muito distintas, mas só recentemente me chamou a atenção as poucas palavras que trocam entre si. Como essas crianças falam pouco. A sedução muda. Gostaria que minha mulher estivesse viva para perguntar a ela por que fico impressionado com algo tão simples.

Até o dia 10 de março, a cidade se limitou a fazer, no que diz respeito aos desaparecimentos, o mesmo que tinha feito até então cada vez que se via encurralada: aguentar até que o problema fosse resolvido. Mas aconteceu o oposto. No dia

10 de março apareceu na capa do *El Imparcial* uma convocatória assinada por Pablo Flores — pai de um dos desaparecidos — na qual convidava toda a população para um encontro na praça Casado às oito horas daquele mesmo dia. Na convocatória (que conseguira publicar na seção local graças a sua condição de colunista do jornal) ele pretendia convencer toda a população a pegar em armas *diante da imperdoável negligência da polícia e sua incapacidade de encontrar nossos filhos.* O artigo de Pablo Flores tinha a carga elétrica dos manifestos. Começava com uma interpelação direta em segunda pessoa a todos os habitantes de San Cristóbal. *Olhe para o seu filho, sua filha...* e depois verbalizava, ao final, o mais inominável de tudo: *desde o assalto ao supermercado Dakota, as pessoas nesta cidade têm medo até de pronunciar a palavra "criança".* Flores atacava o centro da questão como um técnico: *cada minuto que passa, cada segundo, é um pouco mais difícil de encontrar o meu filho.* Para acabar com um peripatético: *Ajude-me.*

Até hoje é difícil saber quais eram exatamente as expectativas de Pablo Flores quando realizou aquela convocatória da praça Casado. O mais provável (tal como o que levara Antonio Lara a me agarrar pelo pescoço em frente ao rio uma semana antes) é que fosse o simples desespero de um pai angustiado, mas Flores superava em muito o perfil natural de um incendiário. De quarenta e três anos, economista de profissão e viúvo havia apenas um ano, tinha retornado a San Cristóbal depois de uma década trabalhando na capital e encaixava-se num padrão pouco comum: o do profissional altamente qualificado. É evidente que as coisas não estavam boas para ele; poucos meses depois de seu retorno, um infarto fulminante encerrou a vida de sua mulher e, um ano depois, quando começava a se recuperar, seu filho tinha desaparecido sem deixar o menor rastro.

No mesmo dia da convocatória publicada no *El Imparcial* — e vendo até que ponto a situação estava prestes a sair do controle — o prefeito Juan Manuel Correa nos reuniu em um gabinete de crise e sugeriu a possibilidade de proibir aquela convocatória da qual "podia se esperar de tudo". O prefeito tinha medo — e não sem razão — de se tornar não apenas o político responsável pelo ocorrido desde o assalto ao supermercado Dakota como o alvo perfeito da ira das pessoas. Vendo-a sob perspectiva, aquela reunião podia ter se tornado uma aula de política provincial: de um lado, um prefeito populista e acostumado a ser o cacique, de outro, uma comitiva de funcionários escolhidos a dedo, e, por último, uma situação de ira insustentável.

O principal defeito de Juan Manuel Correa, assim como da maioria de políticos da província, não era a malícia, e sim a absoluta falta de imaginação. Para um homem como ele, Pablo Flores era a perfeita antimatéria: jovem, talentoso e com consciência de classe. Não apenas era seu inimigo natural como não desviava o olhar e o ameaçava com uma pedra mortífera: a negligência com a qual foi tratada aquela crise das crianças. Alguém sugeriu que, longe de impedir a convocatória da praça Casado, se podia participar oficialmente dela para não se deixar marcar como "o inimigo oficial". A situação era tão desesperadora e os pais estavam querendo tanto encontrar seus filhos que o perigo político da situação se anularia no mesmo instante em que as pessoas vissem gestos e sinais claros de desculpa.

E, contra todo prognóstico, às oito horas daquele mesmo dia, e diante de uma multidão enfurecida, Correa subiu no palco onde supostamente falariam aqueles que pretendiam defenestrá-lo. Eu mesmo nunca teria sido capaz de imaginar. Saiu, suponho, o político que havia dentro dele. Talvez realmente pensasse que tudo ia se resolver com um par de abraços sonoros e umas fotos beijando crianças, mas ninguém pensou em abraçá-lo, e ali não havia nenhuma criança para beijar. As vaias eram tão altas que seu sorriso se crispou assim que ele subiu no palco. Alguém ameaçou jogar uma garrafa e, por um instante, deu para ver o medo no seu rosto, mas logo recuperou a compostura. Não deixa de ser verdade que, entre as mais de quatrocentas pessoas que estavam ali, havia também trinta policiais civis fazendo um cordão humano para impedir que o prefeito fosse linchado.

Assisti ao ato do fim da praça. As pessoas pareciam unidas por uma energia que também provocava raiva, por isso me parece quase um milagre que a violência não tenha começado antes. O discurso do prefeito foi tão ridículo que enfureceu as pessoas ainda mais; longe de dar a entender que a polícia da cidade já estava buscando as crianças, ele se desculpou de maneira sofrível e garantiu que a partir daquele momento ia pessoalmente lidar com o assunto (dando a entender precisamente o contrário: que não havia feito isso até então).

Foi nesse momento que Pablo Flores subiu no palco e gritou: *Temos que encontrar nossos filhos!*, e houve um rugido na praça Casado que ainda me assusta ao lembrar. Considerando o caráter pacífico, quando não pasmado, da maioria das pessoas que estavam ali, parece impossível que a reação fosse tão súbita. Nas imagens que Valeria Danas gravou, a sequência é interrompida pouco depois do uivo de aprovação, mas na vida real durou cinco longos minutos. Cinco minutos de aplausos e gritos. Foi como se a duração mudasse a natureza da mesma explosão: de início, aprovação, depois já não se sabia mais o que era. Ameaça, ira. O prefeito saiu apressado do cenário. Pensei que estivéssemos em perigo. Todos que estavam ali, em perigo. O próprio Pablo Flores tinha algo de histérico com aqueles olhos avermelhados de desespero e, com certeza, de falta de sono depois de três dias de busca infrutífera. Não há nada mais perigoso do que a loucura dos homens naturalmente sãos. Ao contrário dos violentos, os sãos possuem um caráter desamparado e radical. Se alguém tivesse posto Pablo Flores diante de seu filho, é possível que ele nem sequer o visse, o seu olhar já estava muito ofuscado.

Não tenho como contar muito mais. Em uma das esquinas da praça, a que estava mais próxima do cenário, começou uma briga. Cortou-se o som do microfone. Durante uns instantes, parecia que o ocorrido ia ser abafado, mas de repente virou uma autêntica batalha campal. Mais de trinta pessoas se viram de repente envolvidas em uma briga involuntária provocada com certeza pelos policiais disfarçados que protegiam o prefeito. O destacamento da polícia que estava preparado para um possível incidente às margens da praça interveio no mesmo instante e fez com que a situação se tornasse irrecuperável.

A quinze metros de onde eu me encontrava, vi o pescoço perfeitamente reconhecível de Antonio Lara e tentei me aproximar dele, mas logo em seguida o perdi de vista. Saí dali como pude e me dirigi para a prefeitura. Meia hora depois, soube que a briga tinha terminado com doze feridos, nenhum grave, e três pessoas detidas, entre elas Pablo Flores. Soube também de outra coisa: que durante todo esse processo, e nessa mesma noite, desapareceram mais três crianças, dois meninos e uma menina, as três aproveitando a confusão da praça Casado.

O amor e o medo têm algo em comum, ambos são estados nos quais permitimos que nos enganem e nos guiem, confiamos a alguém a condução de nossa credibilidade e, sobretudo, de nosso destino. Perguntei-me muitas vezes como essa mesma crise das 32 teria sido gerida só sete ou oito anos depois do que aconteceu realmente. O salto entre aquele janeiro de 1995 e um mesmo janeiro de 2002 ou 2003 teria sido irrecuperável. A verdade, o espetáculo superficial da verdade, as redes sociais e uns telefones celulares capazes de transformar uma idosa de noventa anos em uma repórter não existiam nesse tão próximo — e já tão distante — 1995. O simples enunciado dessa frase "isto é real" se modificou mais nas últimas duas décadas que nos dois últimos séculos, enquanto a trilha do rio Eré, na qual se veem hoje os moradores de San Cristóbal e onde se fotografa o pôr do sol, é e não é, ao mesmo tempo, o mesmo lugar. Foi alterado por algo mais misterioso do que a passagem do tempo: a suspensão de nossa credibilidade. É verdade que aconteceram todas aquelas coisas? Os mais jovens escutam o relato como se se tratasse de uma fábula mítica e nós mesmos, que vimos com nossos próprios olhos, não parecemos estar muito mais convictos do que eles. As imagens, no final das contas, também não servem. Ter visto os cadáveres das 32 estendidos sobre a trilha não acrescentou grande coisa.

Agora sei que naquela noite da convocatória da praça Casado deixei de ser, em parte, a pessoa que fora toda a minha vida. Retornei à prefeitura o mais lento possível, com o corpo ainda comovido, tentando elaborar um plano. Fui invadido por uma estranha determinação e quando cheguei fui diretamente para o escritório de Juan Manuel Correa. Ele e Amadeo Roque conversavam e tive que esperar mais de quinze minutos. Sentado na sala de espera, aquela determinação se cristalizou de forma distante.

Deixaram que eu entrasse. A secretária fechou a porta. A sala estava muito tensa. Era a primeira vez que eu me encontrava a sós com Juan Manuel Correa em seu escritório. Tive a impressão de sentir o seu desconcerto e essa sensação de iminência que uma pessoa com medo sempre provoca. Só então me dei conta de que ele estava enfurecido por causa da humilhação das vaias na praça Casado. Por algum motivo que me escapa, estava convencido de que eu havia sido um dos que promoveram essa ideia. Perguntou-me quem eu achava que era. Por um momento, pensei que ia se levantar e avançar na minha direção, mas se limitou a agarrar o descanso de braço de sua poltrona com uma delicadeza estranha. Mais inverossímil me pareceu a minha própria reação: perguntei com frieza o que tinha imaginado que ia acontecer. Enquanto dizia essas palavras, eu indagava a mim mesmo o que me levava a adotar aquela atitude tão suicida, uma pergunta que até hoje é um mistério para mim. Eu me dava conta de que muitas das coisas que estava prestes a fazer eram reprováveis e até puníveis, mas me felicitava por ter encontrado uma solução rápida que servia a todos: evitava um levante social e nos outorgava uma posição com espaço de sobra para acabar com aquela crise.

Contei o meu plano: intervir na imprensa com uma versão oficial que reduzisse as possibilidades de um "levante" no dia seguinte, tirar Pablo Flores imediatamente da cadeia e adentrar a selva, no amanhecer, com *absolutamente todos* os recursos policiais da cidade. Era necessário encontrar as crianças. Encontrá-las imediatamente. Bastava — eu disse — que encontrássemos uma. As crianças não são adultas, falei, *as crianças acabam falando, só precisa saber como*.

O prefeito me perguntou a que eu me referia.

Respondi que achava que não era necessário explicar.

Houve um silêncio no qual ele voltou a acariciar o braço de sua poltrona. Virou noite, de repente, e tínhamos ficado naquela sala, na penumbra, como dois morcegos. Ele acendeu a luz e me perguntou como eu me chamava. Foi quando me dei conta de até que ponto eu passara conversando com alguém alheio à realidade mais elementar. Nem sequer tinha me reconhecido, mas me olhava como olham os bêbados para uma esposa que desprezam, com um sarcasmo perturbado e beligerante. Quis que eu explicasse o meu plano, o que fiz. Era quase possível escutar como trabalhava aquele cérebro tosco, porém eficiente.

— Se eu cair, você também cai — disse, ao final, e, como não respondi de imediato, acrescentou: — Se eu cair, todos vocês caem.

Concentrei-me no seu rosto, assombrava-me ter unido o meu destino de forma tão pouco prudente ao daquele cadáver político.

— É o que parece — respondi.

O prefeito esboçou um sorriso.

— Se eu cair, todos vocês caem.

Em certas situações é tão claro o que a pessoa deveria sentir que chega a ser inverossímil que não sinta dessa forma. Os motivos não aplacam a dor, mas a explicam, a urgência do real se desvanece e, em contrapartida, lhe outorga um certo halo de idealidade, como se alguém tivesse decidido por nós. Vejo essa imagem de mim mesmo diante do prefeito como alguém externo e alheio, recordo do meu aspecto nessa época, mas o sentimento que me levou a dizer aquelas palavras (com toda a violência implícita que havia nelas) é algo que permanece intacto, a imagem é minha, mas há algo nela de perverso ou deslocado, como se de repente a minha cabeça fosse pestanejar com as pálpebras ao contrário.

Em outras ocasiões sou mais razoável — mais indulgente, talvez — e penso que toda aquela sensação parece a cena mais comum de todas: um menino que testa seu pai durante muitos dias até que o pai enfim perde a paciência, esse instante de obnubilação em que o pai dá uma palmada sobre a mesa e se levanta disposto a castigar o menino, esse segundo anterior à violência física que é apenas uma violência *mental*. Não há, talvez, algo em jogo nesse instante? E essa cara com a qual o menino se vira bruscamente para o pai e reconhece que passou dos limites, é algo verdadeiro ou continua sendo a pura iminência de algo que ainda não aconteceu, que ainda não é real? As 32 haviam passado desse limite, e a cidade de San Cristóbal tinha batido contra a mesa, mas entre a fúria e a violência real ainda havia um trecho.

Para extorquir Manuel Ribero, o diretor do *El Imparcial*, não foi preciso muito. Bastou seguir as instruções que Correa me dera. Disse que falava em nome do prefeito e que no dia seguinte ele não publicaria nem uma palavra sobre as três crianças que haviam desaparecido nem sobre a briga que ocorrera na praça Casado se não quisesse que a prefeitura cancelasse o contrato com o qual o jornal pagava a dívida que o afogava economicamente. Houve um silêncio agourento e triste que me fez suspeitar que não era a primeira vez que acontecia uma cena parecida, embora com atores diferentes. A minha tranquilidade tornou a me surpreender.

— Não queremos — continuei — um levante popular, temos que nos focar na busca das crianças desaparecidas e não podemos comprometer a *segurança* delas.

A segurança, essa palavra mágica, esse feitiço capaz de suspender até a lógica mais básica. Manuel Ribero demorou para responder. Falou que aceitava não publicar sobre os novos desaparecimentos, mas que era impossível não publicar o que ocorrera na praça, havia testemunhas demais e já tinha um redator escrevendo a matéria. Disse-lhe para transformar essa matéria numa carta ao diretor, mas que a posição oficial do jornal tinha de ser que a reunião da praça Casado havia transcorrido em perfeita normalidade, que eu mesmo me encarregaria de escrever essa matéria e a entregaria em uma hora.

Surpreende a rapidez e a eficácia com as quais as pessoas se rendem a comportamentos abusivos em situações críticas. Aquela foi a primeira (e última) vez que extorqui alguém em minha vida. Eu previra que sentiria a resistência de Manuel Ribero diante da minha extorsão, e também minha própria repugnância e — embora as duas coisas tenham ocorrido — o peso específico da cena, o que o levou a aceitar e o que me levou a extorquir, ficou inevitavelmente *fora* de quadro. Em nenhum momento pensei que nós dois fôssemos sentir um mesmo medo súbito e quase simultâneo — como se a extorsão de um e a humilhação do outro precisassem de um terreno compartilhado — nem que esse medo fosse nos unir de uma maneira tão particular, como se os dois fossem amparados por um gesto involuntário. Um ato íntimo.

Perguntei se tinha filhos. Respondeu que três.

— Não é agradável — disse — isso tudo.

— Mas não vai durar muito mais — respondi.

— Durará enquanto pessoas como você e eu continuarmos fazendo essas coisas.

Foi uma lição discreta. Demorei a entendê-la, porque a velocidade daquela noite jamais teria me permitido discernir que não havia nisso nenhum ataque pessoal, mas senti que havia e respondi com arrogância. Ele não voltou a responder, limitou-se a desligar o telefone e a não me dirigir mais a palavra desde então. Passaram-se vinte e um anos desde aquele dia, mas sempre que estivemos juntos e tentei me aproximar, ele ostentosamente me deu as costas. Se em qualquer uma dessas ocasiões ele tivesse me deixado falar por meio minuto, teria descoberto que a única coisa que eu desejava era agradecer por aquele gesto.

Marcou-se a batida policial para as cinco da madrugada do dia seguinte, 11 de março de 1996. Além dos 164 policiais civis e municipais, esperava-se a presença de quarenta voluntários, a maioria familiares das últimas crianças desaparecidas. Pablo Flores foi quem se encarregou do "recrutamento" desse grupo. Precisávamos de alguém que fosse uma figura de autoridade diante das famílias, e não havia ninguém melhor do que ele. Demos uma lista de instruções básicas aos que quisessem se juntar e pedimos pontualidade extrema. Mal consegui dormir à noite. Saí do escritório às duas da madrugada depois de garantir que o *El Imparcial* publicaria o texto que eu tinha escrito sobre o episódio da praça Casado.

Antes de ir para casa, dei uma passada no escritório de Amadeo Roque, o diretor da polícia, que naquele momento estava reunido com seus colaboradores planejando o percurso da batida do dia seguinte. Ao contrário do que muita gente pensa, Roque era, essencialmente, um bom sujeito. Um sujeito chato e meticuloso, mas um bom sujeito no final das contas. Seu rosto severo e seu início de calvície mal combinavam com aqueles quadris largos, quase femininos, mas ele aprendeu a compensá-los com uns movimentos sempre enérgicos. Estava acompanhado por quatro pessoas inclinadas sobre um grande mapa dos arredores da cidade. Roque falava um tanto mais alto do que o normal e seus colaboradores pareciam um pouco acovardados. Pareceu-me que aquele assunto das crianças começara a levá-lo a um colapso nervoso, como se a imprevisibilidade do que podia acontecer estivesse causando um curto-circuito no rigor lógico com o qual estava acostumado a organizar seu pensamento. Não era apenas que lhe tivesse custado mais de uma dúzia de chamadas de atenção por parte do prefeito, nem que perigasse perder o emprego, mas algo mais profundo, mais elementar, algo com o qual começava a não conseguir se relacionar, e que fazia brotar nele reações abertamente violentas diante de estímulos insignificantes.

Todos estávamos exaustos e com um ar de mortos-vivos. Amadeo Roque tentou mostrar a zona do mapa onde começaria o primeiro grupo no dia seguinte, mas quebrou a ponta do lápis, e em vez de apontá-lo ou pedir outro, ele o quebrou em dois e jogou-o na cara de seu auxiliar. Foi um momento estranho, quase inesperado, ainda mais para um homem que, como ele, se preocupava com os gestos de maneira neurótica. Mais do que uma reação violenta, dava a sensação de que fizera uma representação, ou melhor, um ensaio de uma representação. Queria "ver" a si mesmo fazendo algo imprevisível. Agora entendo que não era o único. Todos nós que estávamos ali reunidos nos dirigíamos uns aos outros com uma distância oblíqua, não tanto por não saber como seriam as reações dos demais, mas porque já começávamos a não conseguir controlar nossas próprias reações.

Duas horas depois, já não restava ninguém na prefeitura. Fomos embora quase sem nos despedirmos. Era paradoxal como tinha ficado tranquila a noite, apesar de tudo o que tinha ocorrido. A lua estava praticamente cheia e desenhava as sombras das árvores sobre a calçada nos trechos que não havia luz elétrica, que naquela época ainda eram muitos. Durante aquele passeio de quinze minutos até minha casa, pensei que a qualquer momento fosse saltar uma criança diante de mim. Imaginava-a com as costas curvadas e o rosto que Antonio Lara tinha na fotografia que seu pai me dera e que sempre levava comigo. Em minha imaginação, tinha o aspecto das criaturas míticas dos relatos infantis, um duende, um elfo. Durante uns minutos — assim como nas fábulas — pensei que sua aparição dependesse apenas do meu desejo e que, se desejasse com força suficiente, a criança acabaria aparecendo, mas desejei isso e não apareceu ninguém. Apenas soprava a brisa e, na porta de minha casa, tudo estava imóvel. Não havia luz nem na sala de estar nem no quarto da menina, e só se via um tênue resplendor no meu quarto, o da mesa de cabeceira de Maia.

Quando abri a porta, Moira veio me receber, a cadela que eu tinha atropelado na porta de nossa casa no dia em que chegamos à cidade. Não tínhamos conseguido torná-la um animal doméstico. Passava longos períodos conosco, mas logo desaparecia para retornar meses depois, meio morta de fome ou com o pescoço destroçado por alguma briga. O animal tinha compreendido que nossa casa era, mais do que um lar, o centro ao qual retornava à espera de um milagre. Sempre que chegava, era acolhida com alegria, mas também com inquietude. Maia não a tocava por superstição, e proibimos a menina de brincar com ela por medo dos germes que a cadela trazia a cada retorno. Aquela última vez havia estado mais próxima da morte do que nunca, mais até do que quando foi atropelada: um tipo de mosca tropical chamada *rezmo* tinha injetado larvas sob a sua pele e os parasitas ficaram se alimentando de sua carne durante tantos meses que quando chegou em nossa casa estava quase irrecuperável. Abri um espaço em seu pelo com as mãos e descobri, com nojo infinito, uma bola de larvas do tamanho de uma tangerina se retorcendo debaixo do pescoço dela. Aquela massa viva de criaturas meio cegas ficou parada por um instante, e depois começou a se mover com mais fúria ainda. Agora a cadela estava bem de novo. Ofegava energicamente e me cravava o olhar na escuridão com uma insistência que seria insuportável em um ser humano. Tinha se curado da ferida e só ficara com uma parte sem pelos debaixo da coleira.

Tudo resiste à morte, pensei, da larva à sequoia, do rio Eré ao cupim. Não morrerei, não morrerei, não morrerei, parece ser o único grito real deste planeta, a única força verdadeiramente indubitável. Moira, aquela cadela, demonstrava isso com o simples movimento do rabo ao me receber, aquela menina adormecida no seu quarto demonstrava, a atenção de Maia quando expliquei o que tinha acontecido ao entrar no quarto, a luz concentrada da inteligência nos olhos de minha mulher. E, enquanto isso, sentia com fúria a necessidade desse grito elementar — não morrerei, não morrerei, não morrerei... —, parecia que algo passava sobre nós, sobre mim e Maia, algo semelhante a um bem. Mas nem sequer essa energia benéfica conseguia aplacar o nervosismo do grito.

Expliquei em detalhes a briga da praça Casado.

Disse que naquela noite tinha extorquido o diretor do *El Imparcial* e também que no dia seguinte começaria a batida e que estávamos decididos a acabar com o assunto de uma vez por todas.

Maia me falou para fechar os olhos e tratar de descansar. Olhei para ela sem dizer nada. Em meio à escuridão, tinha olhos negros com uma enorme pupila cega, como os dos recém-nascidos. Pareceu-me que, de algum modo incomunicável, tinha orgulho de mim, mas por razões que estavam longe de ser óbvias e que, como sempre, não tinha intenção de me dizer isso. Senti, de repente, o cansaço daquele dia, mas, quanto mais imóvel ficava, tudo ao meu redor parecia ressoar mais forte aquele grito. Maia colocou a mão nas minhas costas, deitada de lado atrás de mim. Um gesto simples que fazia sempre que queria me tranquilizar. A mesma mão pequena e morna com as pontas dos dedos ásperas por causa das cordas do violino agora parecia mais quente do que o normal, como se, mais do que uma mão, fosse algo um pouco brusco, uma estaca com a qual alguém me empurrava a golpes rumo a um penhasco. E o tempo todo escutava esse grito, de novo e de novo, às vezes com o estertor áspero de uma gargalhada e outras como algo melífluo e inquietante. Não morrerei, não morrerei, não morrerei...

Acordei empapado em suor.

— Você não parou de falar dormindo — Maia sussurrou.

— E o que eu estava falando?

— Não dava para entender direito.

— Não quer me falar? — perguntei.

Minha mulher tinha uma maneira peculiar de evitar as perguntas de que não gostava; sorria e disparava para matar.

— Se você não quer saber, por que me pergunta?

Muitas vezes nossas conversas terminavam assim, como uma fábula oriental. Disse que talvez não voltasse naquela noite, que a intenção era manter a busca até encontrarmos as crianças. Ela me respondeu pedindo que eu não tentasse dar as costas para uma situação que estava acima de mim. Disse também algo inquietante e muito do seu estilo: que não tivesse medo.

— Medo de quê? — perguntei.

— De encontrá-las.

Às cinco da manhã, o ar tinha uma tonalidade diáfana, como um pano leve, alguns postes de luz ainda estavam acesos e não se escutava nem um só rumor. Estava tão sonolento que só depois de caminhar uns duzentos metros até a margem do rio me dei conta de que ao meu lado trotava Moira, a cadela. Estava com uma coleira branca contra parasitas com um pequeno pompom que tilintava suavemente sempre que se mexia. Como na primeira vez em que a vi, voltou a me impressionar sua elegância de cruza com pastor. Entendi que pretendia me pagar uma espécie de favor e acariciei a sua cabeça para agradecer-lhe.

O grupo era composto de mais de duzentas pessoas, entre a polícia e os voluntários. Estávamos reunidos junto ao cais turístico. Fiquei surpreso por serem tantas pessoas, que estivessem tão dispostas. O cais daquele período pouco se parecia com o de hoje, e a barca que atravessava o rio não era, na época, esse catamarã branco flamejante do qual todos em San Cristóbal se orgulham, e sim uma casca de noz pintada de azul que tinha sido batizada por um engraçadinho como *Louquinho*. Amadeo Roque subiu na popa e gritou no megafone que era o chefe de polícia e que daria instruções sobre como rastrear. Parecia um pouco menos cansado que na noite anterior, mas, ao mesmo tempo, mais exasperado. Tinha se agarrado com tanta violência ao parapeito que parecia estar domando um potro. Gritou que a batida pretendia esquadrinhar, naquela primeira jornada, uma superfície de quase seis quilômetros selva adentro, que era impossível que as crianças tivessem ido mais longe que isso. A intenção era abrir pelo lado oriental — o último lugar que teve várias notificações de avistamentos — e, de lá, ir na formação de um leque até o lado ocidental da cidade, como em uma caçada circular.

Os homens (quase toda aquela comitiva era composta de homens, exceto por cinco ou seis mulheres que naquela época pertenciam às equipes de segurança) estavam nervosos. De modo geral, haviam seguido as instruções que demos; vestiam calças longas e botas e estavam com roupas claras de algodão. Tinham uma expressão severa e sonolenta. Por um instante, a cena completa me lembrou aquelas romarias que se faziam de madrugada quando eu era criança na chegada da primavera. Um rito tão antigo quanto a vida dos homens: celebrar os ciclos, dar conta das mudanças de estação e pedir prosperidade aos deuses. Comparado àquela selva bipolar que só contemplava a estação seca ou úmida, o mundo das estações parecia pertencer a outra galáxia. Amadeo Roque gritava instruções da popa do barco e a luz do amanhecer ia definindo as expressões que até então estavam borradas. Um dos grupos da batida, o mais próximo do rio, seria dirigido por Pablo Flores. Tinha sido um grande acerto dar alguma autoridade a ele na batida. Sua ansiedade parecia ter se desarticulado um pouco — com certeza pelo cansaço —, mas ainda tinha aquele olhar de louco com o qual subira no palco da praça Casado. Antonio Lara, no entanto, eu não vi. Sabia com certeza que se encontrava no grupo, porque lera seu nome nas listas, mas não consegui encontrá-lo. Soaram três apitos, o sinal de que começava a batida, e entramos em posição.

Algo havíamos aprendido com o fracasso da primeira batida depois do assalto ao supermercado Dakota. Todos os homens carregavam um facão, um apito, uma lanterna e para cada dez pessoas havia um kit com antídotos para diferentes venenos de cobra que o Departamento de Higiene preparara naquela mesma noite. Haviam desenhado um cartaz simples para que as pessoas soubessem diferenciar uma píton de uma cascavel ou uma coral, e os antídotos estavam distribuídos em frascos de cores com uma imagem da serpente correspondente. Quase tão importante quanto injetar o antídoto o mais cedo possível era saber com exatidão qual cobra havia dado a picada, explicou um dos médicos que faziam parte da batida, e logo fez uma pequena demonstração prática de como tinha que ser aplicada a injeção beliscando a pele. Havia outra seringa carregada com anti-histamínico, para o caso de picadas de aranha. O chefe de polícia insistiu na importância de manter a distância de vinte metros entre cada pessoa e de não perder nunca o contato visual com os companheiros que estavam pelos flancos. Quando alguém visse uma criança, não tinha que correr atrás dela, mas simplesmente tocar o apito e continuar se aproximando com a mesma velocidade, *jamais* rompendo o cordão.

Boa parte de nossas lembranças depende da marca que o tempo imprime em nossas sensações. O ar realmente tinha essa brancura leitosa quando enfim nos adentramos na selva, ou tudo não passa de uma mera distorção dos meus sentimentos? Conhecia bem aquele primeiro trecho junto ao rio. Na época em que chegara à cidade, havia umas zonas de piqueniques populares às quais eu ia com Maia e a menina. Ainda estavam lá, agora abandonadas. Tinham tirado as churrasqueiras, mas ficaram restos das mesas de ladrilhos, como toscas ruínas de uma civilização primitiva. Pareceu-me que passara um milênio desde aquela época, e senti nostalgia de minha ingenuidade. Mas as árvores não seguem o bem ou o mal, os insetos e as raízes das plantas não obedecem às razões dos homens, muito menos à nostalgia, e certamente há algo de consolador nessa ideia.

Quase parecia um jogo: uma fila clara que se perdia entre a espessura da selva e ia abrindo passagem com a ajuda dos facões, mas tentando ser o mais sigilosa possível. Só se ouvia o ruído lento de nossas pisadas evitando — como tinham nos dito — os galhos e troncos caídos e, de vez em quando, um apito a distância. Um apito significava: parem; dois: retomar a marcha; três: que haviam encontrado alguma criança. No caso de soarem três apitos, era preciso caminhar para a origem do som, mantendo a distância dos companheiros nos lados para realizar um movimento envolvente sobre o grupo. Caminhávamos lentamente, tanto que em poucos minutos quase perdemos a direção da busca. Como se fosse pouco, ao atravessar um pequeno afluente do Eré, tivemos que nos reagrupar e voltar a abrir a fila. Perdemos quase uma hora e meia nesse simples processo, até que voltamos às nossas posições. As pessoas pareciam ensimesmadas, silenciosas. Mais de duas horas de caminhada selva adentro pode destilar uma melancolia sem objeto definido, e sempre pensei que boa parte do que há de cerimonioso nas comunidades Ñeê se deve a essa lentidão natural que a vegetação impõe aos pensamentos. Mas todos tínhamos certeza de algo: íamos encontrar as crianças. Talvez demorasse só algumas horas, ou mais de três dias, mas íamos acabar encontrando-as. E, por estranho que pareça, Maia tinha razão: aquele pensamento nos dava medo.

A cadela trotava ao meu lado com naturalidade, parecia conhecer perfeitamente aquela zona, e só de quando em quando se afastava alguns metros de mim, farejava algum tronco e voltava com o olhar franzido. Pensei que o animal não fazia ideia do que eu estava procurando, mas de repente ficou paralisado e começou a rosnar com um som decidido.

Olhei na direção para a qual ela olhava. Não vi nada. Uma parede vegetal que se erguia junto a uma massa de árvores, e a terra vermelha e aberta.

A luz tinha começado a se filtrar através das folhas mais altas das árvores e salpicava o solo de pontas brilhantes. A intuição não surgiu em nenhuma parte específica do corpo, mas de repente soube que a cadela tinha visto uma das crianças. Eu me virei de novo para o animal para calcular a inclinação do seu olhar e corrigi a direção do meu. Ao olhar outra vez, tive a impressão de que a parede vegetal se borrava, como quando se olha cansado para um ponto e, depois, com uma nitidez horripilante, um objeto se destaca.

Então eu vi.

No meio daquele nada verde, um queixo se desenhou.

Uma boca.

Dois olhos, como dois alfinetes incrustados.

Há uns quatro anos, durante o jantar de casamento do filho de uns amigos, acabou que estive na mesma mesa que um homem que andava com uma gravata-borboleta ridícula. Aconteceu durante o último ano da vida de Maia. Eu estava de mau humor por causa da doença de minha mulher, todas as conversas pareciam banais e noventa por cento das pessoas, de uma estupidez insuportável. A menina tinha deixado de ser menina e havia se apaixonado por um professor de física. Acabara de sair de casa para morar com ele, algo que tinha me machucado e aliviado no mesmo nível, porque durante os últimos meses me incomodara o nervosismo de sua paixão em contraste com a doença de sua mãe. A possibilidade de perder Maia e de enfrentar a solidão que surgiria com a sua morte fazia com que o mundo me parecesse uma construção grosseira e sem sentido. Vivia mergulhado em um estado que uma vez ouvi ser chamado, com razão, de "a arrogância do sofredor", essa irritação crônica na qual, após um sofrimento muito prolongado, muitas pessoas acabam achando que seu azar lhes dá uma espécie de superioridade moral. Maia e eu tínhamos estado a ponto de não ir ao casamento, e, quando nos sentamos à mesa e vi aquele homem com gravata-borboleta, estive tentado a dizer para irmos embora. Dois minutos depois, quem não queria ir embora era eu. Não só ele se mostrou encantador e muito divertido, como também, por alguma razão, tratou minha mulher com uma delicadeza extraordinária. Aquilo me comoveu. A doença ou o contato com a doença faz surgir, também, estranhos companheiros. Ao final da comida e depois de umas quantas piadas sobre os noivos, ele ficou um pouco mais sério e fez uma pergunta curiosa:

— O que aconteceria se sentíssemos um sinal quando vemos pela primeira vez a pessoa que vai ser a mais determinante de nossa vida?

— Que tipo de sinal? — perguntou Maia.

— Algo não necessariamente físico, não teria que ser uma luz ou um som, mas algo evidente, *indubitável*, algo que nos fizesse saber que essa pessoa vai fazer parte de todas nossas decisões para sempre.

Alguém replicou que essa sensação, se bem que não de maneira completamente indubitável, já existia sob a forma da intuição, a flechada do cupido... O homem negou com a cabeça.

— Não estou me referindo ao amor, naturalmente. Falo da *testemunha*.

E então expôs uma teoria tão deslocada como a sua gravata-borboleta: a de que todos temos uma testemunha. Alguém que secretamente desejamos convencer, a quem todas nossas ações estão dirigidas e com quem não podemos parar de dialogar secretamente. E acrescentou que essa testemunha nem sempre está no lugar mais óbvio, que quase nunca é o cônjuge ou o pai, ou a irmã, ou a amante, e sim muitas vezes alguém aparentemente banal, secundário no desenvolvimento normal da vida.

Pareceu-me que, dentre todas as pessoas que estavam sentadas naquela mesa, só eu entendia o que ele queria dizer. No silêncio que se abriu após aquele monólogo, tive a impressão de ver o rosto de Jerónimo Valdés. Jerónimo Valdés tinha sido, para mim, essa testemunha durante os últimos quinze anos de minha vida (embora ainda estivesse vivo na época, estava detido na prisão provincial em uma das suas múltiplas entradas e saídas da cadeia), pensei que, tal e qual dizia aquele homem, eu sentira algo parecido com um sinal quando o vi pela primeira vez naquela batida na selva quinze anos antes, quando a cadela fixou o olhar na massa de selva que havia à minha frente e tive a impressão de que seus traços emergiam do meio das folhas. Jerónimo Valdés tinha, na época, doze anos, mas era tão baixinho e magro que poderia muito bem passar por um menino de nove. Tinha um rosto fino de esquilo e dois olhos da mesma cor castanha de seu cabelo, como se tivesse sido pintado pela natureza em três cores, o branco brilhante dos dentes, o castanho do cabelo e o marrom-claro da pele e dos lábios.

Estava a uns vinte metros de mim, completamente imóvel. Vestia uma camiseta branca coberta de sujeira e me encarava. Parecia ágil, como os filhotes de cervo, uma criatura capaz de saltar dez vezes a sua própria altura. Houve um sinal, mas não sei que sinal foi aquele, nem por que permanecemos tanto tempo calados. Nem sequer sei se passou muito tempo ou se foi minha própria adrenalina que expandiu a consciência daqueles segundos. Não toquei o apito, apesar de estar com ele entre os dentes. A surpresa me impediu, mas também a sensação de que aquela criança me suplicava mentalmente para que eu não tocasse. Por um instante, pareceu-me que sua leveza dependia de algum modo do meu "peso", que eu era a gravidade que o mantinha colado ao chão. Agarrei a cadela com força para que não saísse em disparada, mas um segundo depois eu mesmo comecei a perseguição. Jerónimo deu meia-volta e saiu correndo.

A impressão da lembrança é que a corrida não foi muito longa, e sei disso também pelas marcas que deixou no meu corpo; arranhei o rosto e, em algum momento, bati o joelho, porque no dia seguinte estava inchado. A cadela atravessou na minha frente e dei um chute nela sem querer, ao que o animal respondeu com um latido lamuriento. Três passos depois, agarrei Jerónimo pela primeira vez pela camiseta e estivemos a ponto de tropeçar, mas ele desviou e conseguiu se safar. Corremos mais uns metros e enfim consegui pegá-lo pelo braço, mas ele começou a espernear com força. Lembrou-me da sensação que sentira uns meses antes, ao agarrar aquela criança que escutava Maia no jardim de nossa casa; mais do que um garoto, parecia um inseto gigante, uma criatura com oito ou dez membros que se agitava desesperadamente, atacando lugares impensáveis, e cada membro continha um pequeno gancho, algo que picava ou arranhava. Uma pestilência emanava dele parecida com a dos indigentes das cidades, mas um pouco mais doce, como a de um iogurte vencido há muito tempo.

Quando enfim consegui voltar um pouco a mim, olhei a mão que ficara livre e entendi o que tinha acontecido: Jerónimo estava com a mão empapada de sangue e com os nós dos dedos brancos por causa da força com a qual agarrava uma pequena navalha do tamanho de um pirulito. Tinha me cravado duas vezes no braço sem que eu me desse conta por causa da agitação. Nós dois ficamos um tempo parados, escandalizados, ele por ter me cravado a navalha, e eu por não ter sentido nada além de um súbito sabor metálico. Depois da confusão, ele tentou outra vez me atingir, dessa vez no peito, mas agarrei a sua mão com força e afundei meu polegar contra o seu pulso até que ele emitiu um gemido e deixou a navalha cair no chão. Tinha tanta sujeira no rosto que era possível cobrir um pátio com ela, e o cabelo mais duro do que uma palha. No lábio superior, de uma inquietante cor escura, brilhava um herpes ou uma queimadura.

— Você vai ficar quieto — eu disse, sem poder suportar o seu olhar —, ouviu?

Mas Jerónimo não respondeu.

Nunca somos aceitos na inocência de nossa primeira aparição, nossa pena máxima não é termos que provar que somos inocentes, e sim que temos que provar de novo e de novo. Talvez isso fosse o que eu gostaria de ter dito ao sábio da gravata-borboleta; que a testemunha não tem culpa de que algo em nós levou a escolhê-la como interlocutor insubstituível e que, afinal de contas, somos nós quem a obrigamos a fingir. Ninguém pode sustentar a autenticidade para sempre, nem mesmo as crianças testemunhas.

Jerónimo tinha uma beleza clássica. Assim como todas as crianças Ñeê, seu rosto era inevitavelmente fotogênico, nada mais longe de seu caráter real, que era ascético e voluntarista. Sorria muito pouco e, embora gostasse de piadas, cometia o erro de tomá-las completamente a sério, demonstrando, com isso, também ser muito sancristobalino. Era o quarto filho de um casamento de fazendeiros de chá da província e pedia dinheiro nas ruas de San Cristóbal desde que aprendera a caminhar. Sua vida era como os sons nos sonhos: uma coisa extraordinária, por isso não me estranha que tivesse se juntado às 32 desde o início. É possível vê-lo em muitas das imagens clássicas: entre os que saem correndo depois do assalto ao supermercado Dakota, em várias fotografias sem data reproduzidas no documentário de Valeria Danas... Tem, em todas estas, uma atitude um pouco distante, sempre um pouco afastado, mas, apesar disso, sua presença não revela nenhum sinal de ostracismo, pelo contrário, algo de distinto, como se os outros garotos admirassem alguma qualidade nele.

Muitos anos depois, durante uma das visitas à prisão da província (Jerónimo já tinha vinte anos, então, e havia voltado à cadeia mais uma vez por roubo com ameaça), perguntei a ele o que tinha sentido quando o "agarrei" naquele dia na selva. Ele me disse — com uma precisão incomum, porque quase sempre que falava sobre aqueles anos, costumava ser mais esquivo e monossilábico — que sabia que algo ia acontecer e que sentira medo a noite inteira. Não se lembrava de por que estava sozinho nem o que tinha ido fazer ali, tão longe das outras crianças. Eu realmente acredito que ele não se lembrava. Jerónimo Valdés preferia não falar a ter que mentir, e, quando comentava algo sobre aquela época, recuperava a agressividade com a qual me olhou nessas primeiras ocasiões. Mas a agressividade nunca se transformou em ódio, e eu jamais estive perto de odiá-lo.

Talvez seja impossível entender e perdoar os outros sem antes ter compreendido e perdoado a si mesmo. Quando o agarrei pelo braço, cravando o polegar no seu pulso com tanta força que seria capaz de rompê-lo, e soprei o apito que tinha entre os dentes o mais alto que pude, foi tão consciente de que estava sentenciando-o que não pude mais encará-lo nos olhos.

O que aconteceu durante o resto daquele dia permaneceu na minha memória como uma névoa salpicada por umas poucas certezas: sei que, em algum ponto, perdi a consciência e que fui evacuado em uma maca até o hospital da província, aonde cheguei com um litro a menos de sangue, e sei que, quando recobrei a consciência, Maia e a menina estavam ao meu lado, e que a menina me fitava com os olhos esbugalhados e assustados. Enxergar-me ferido fez com que, por um instante, a adolescente que já quase era se retraísse, aparecendo mais uma vez a menina. Seus olhos se encheram de lágrimas e ela abraçou meu pescoço para me dar um beijo. Maia me disse que eu passara doze horas dormindo porque, ao chegar, havia tido uma crise nervosa (da qual não me lembrava de nada) e que o médico teve que me sedar. Disse, também, que terminaram a batida e que não encontraram as crianças.

— E a que eu encontrei?

— Só uma — corrigiu —, a que você encontrou.

— Sério que não encontraram ninguém?

Maia não respondeu, como sempre que eu fazia uma pergunta redundante. Minha mulherzinha oriental.

— Está com dor? — perguntou.

Tinha a sensação de que precisava pensar muito nas respostas, até as mais básicas. Tentei recordar daquele rosto que havia apenas algumas horas estava a poucos centímetros do meu, mas não fui capaz de resgatar uma imagem precisa. Só me lembrava da sua leveza, a leveza de Jerónimo, que, mais do que uma característica, parecia um estado de ser, como quando se pega um pássaro vivo pela primeira vez nas mãos e se sente a palpitação nervosa de seu coração diminuto. Vi pela primeira vez as cicatrizes das navalhadas no meu braço direito, uma no antebraço, outra maior e com forma de semicírculo no bíceps. Doía com a insistência de um osso quebrado e Maia me disse que, segundo o médico, eu poderia me considerar um homem de sorte, que apenas uns centímetros à direita e a navalha teria cortado a artéria radial, e a metade do corte que levei teria me feito perder o triplo de sangue, uma sentença de morte, sem dúvida.

Meia hora depois, apresentou-se no quarto de hospital Amadeo Roque, e me explicou que o garoto que eu havia encontrado se chamava Jerónimo Valdés e fora identificado por sua família graças a uma fotografia que o *El Imparcial* publicara. Ao que parece, o garoto não queria saber deles e os pais (que só foram até lá por causa da dimensão pública do episódio e por medo de uma represália legal), ao ver o que tinha acontecido, também não queriam ter nada a ver com aquilo. Garantiram que ele sempre fora um garoto violento e que uma vez, inclusive, tentara matar o irmão menor. Desde que o botaram na prisão da delegacia, encontrava-se em um estado semisselvagem, não comia, deram um banho nele à força, e respondia às perguntas que lhe faziam "em uma língua incompreensível". O próprio Amadeo Roque estava com um aspecto lamentável, parecia estar três dias sem dormir e o calor deu à sua pele uma aparência cerúlea, como se estivesse amolecendo por dentro. A cidade — continuou me explicando — estava à beira de um episódio similar ao da praça Casado, agora ainda mais com a frustração da busca fracassada. O prefeito estava prestes a renunciar. A polícia não conseguia dar conta. Ocorreu um assalto a uma loja de eletrodomésticos e dois roubos à mão armada em postos de gasolina. O governo da nação estava prestes a solicitar o envio de reforços policiais de outras cidades da província. As crianças da selva tinham evaporado. Literalmente. Jerónimo Valdés se recusava a falar. Estávamos em um beco sem saída.

No dia 15 de março de 1996, dois dias depois da batida, saí do hospital com o braço numa tipoia rumo à delegacia na qual Jerónimo Valdés estava encerrado. Ainda estava com muita dor no machucado e o prefeito tinha me telefonado meia hora antes para dizer onde estava a criança.

— Parece que é difícil fazer ele falar.

Pedi que me deixasse integrar a equipe do interrogatório, então dirigida por Amadeo Roque, e ele respondeu que eu tinha quarenta e oito horas, porque depois disso a Justiça ia se encarregar da criança, o que significava que ele ficaria isolado no centro de menores até a entrevista do "Patronato de Reabilitação". Pareceu-me que, àquela altura, o prefeito tinha parado de se importar.

— Não acho que será muito útil — disse —, mas se você quiser se divertir...

Em certa ocasião, li que um sábio hindu atribuía todas as desgraças que tinham ocorrido em sua vida ao fato de ter matado, durante a sua infância, com uma pedrada, e por pura frivolidade, uma cobra-d'água. Quem pode me garantir que a doença de Maia, a frieza com a qual minha filha me trata hoje ou a minha indiferença diante deste belo mundo não têm a ver com ter deixado uma criança chamada Jerónimo Valdés sem dormir durante quarenta horas?

A ideia surgiu depois daquela conversa por telefone com o prefeito e de um jeito quase distraído, lembrando até que ponto estive prestes a escorregar e cair na loucura em certa ocasião em que tive duas noites seguidas de insônia durante uma longuíssima viagem de avião. Recordava que, nas últimas horas, quando estava quase trinta e cinco horas ininterruptas sem dormir, e depois de ter tido um ataque de fúria com a aeromoça, sentia como o meu corpo se rendia e "rompia". Não sei explicar direito, mas tive a impressão de ouvir um estalo que me fez pensar que teria um infarto, mas que logo agarrou minha garganta na forma de angústia. As pessoas que estavam ao meu redor começaram a me olhar com rostos alucinados, e senti tão forte o zunido das turbinas do avião que a dor começou a ser quase *física*. Lembro-me de que cheguei a pensar que, se não dormisse nos próximos cinco minutos, ia engolir minha própria língua, e esse medo insensato me levou a chorar de forma desconsolada. Nesse momento, a aeromoça que eu havia insultado tomou uma atitude de uma humanidade comovente. Aproximou-se de mim com um travesseiro e outro cobertor, pediu que eu a acompanhasse, me mostrou um par de assentos vazios no fundo do avião. Eu a segui como um zumbi. Levantou o apoio para o braço para que eu pudesse me recostar e me disse que me deitasse ali. Pode parecer inverossímil, mas nunca na minha vida havia sentido gratidão como senti por aquela mulher. Por um instante, quase me joguei aos seus pés chorando, e ela me achou tão desesperado que ficou ao meu lado e me cobriu com o cobertor. Quando a vi fazer isso, e um segundo antes de fechar os olhos, pensei que seria capaz de lhe dar qualquer coisa que me pedisse, *literalmente*, qualquer coisa.

Ao caminhar até a delegacia, fiz contas mentais e pensei que Jerónimo Valdés devia estar tão cansado que bastaria não o deixar dormir por uma só noite. Meu plano, além disso, não era muito original. Policial bom, policial mau. O mau seria Amadeo Roque, e acordaria Jerónimo sem parar, o policial bom, o que lhe permitiria dormir, seria eu, e representaria um dos pais das 32. Minha ideia era tentar convencê-lo de que eu era o pai de Antonio Lara. Ambos perguntaríamos, tanto quando permitíssemos que descansasse, como ao acordá-lo, a mesma pergunta, de novo e de novo: *Onde estão os outros?* Era importante que a pergunta nem sequer tivesse variações, que sempre fosse idêntica. *Onde estão os outros? Onde estão os outros? Onde estão os outros?* Hoje, basta que eu a repita duas vezes para que eu me dê uma pancada nas orelhas, como o som mental da trepanação. *Onde estão os outros?*

Quando chegamos à cela, fiquei surpreso em ver como Jerónimo era pequeno. Era realmente aquela criança que quase havia me matado na selva? Depois de observá-lo atentamente, ele voltou a recuperar o seu aspecto de superioridade. Mal quis comer nos últimos dois dias, mas, pela sua aparência, longe de parecer indefeso, tinha uma dignidade surpreendente. Nunca tinha visto uma criança assim. Dava a sensação de que vivia e pensava como se tivesse nascido ali mesmo e nunca vivera outra preocupação além da mera sobrevivência. Seus gestos tinham um ar patético, porém essencial. Pedi que me deixassem a sós com ele e sentei ao seu lado. Perguntei se ele se lembrava de mim, mostrei o meu braço e o machucado e os fiz recordar que tinha sido ele quem causou aquilo, e ele me respondeu com um olhar de incredulidade absoluta. Já não cheirava mal, emanava dele um aroma tênue de sabonete e estava com o cabelo rigorosamente penteado, mas o herpes do lábio continuava dando um ar espiritual ao seu rosto, como uma criança Lázaro ressuscitada dos mortos. Tirei do bolso a fotografia de Antonio

Lara e mostrei a ele. Ele a pegou para olhar de perto. Inclinou a cabeça e não pude ver sua expressão.

— É meu filho — menti.

Então ele se virou para mim, de repente, como se Antonio Lara fosse uma espécie de demônio. Não dava para determinar se o seu olhar era de admiração ou temor, mas sem dúvida era de surpresa.

— Não quer me ajudar a encontrá-lo?

Não respondeu, e eu pus a mão que não estava machucada no seu ombro. Pareceu-me uma grande delicadeza que ele me deixasse ficar com a mão ali, sem se afastar ou tirá-la.

Não foi fácil. A partir das dez horas, Jerónimo começou a cair no sono. A primeira coisa que fizemos foi tirar a cama da cela e deixar apenas uma cadeira, mas a criança tirou a camiseta, estendeu-a sobre o chão como um iogue e caiu no sono em cima dela. Amadeo Roque permitiu que começasse a dormir e depois entrou na cela batendo a porta com força. Jerónimo deu um pulo e se escondeu debaixo da cadeira. Eu contemplava a cena por trás do vidro escuro que havia na porta da cela. Tudo era de um esquematismo paradoxal: o garoto, a cadeira, a privada, a pia.

Sempre que tive a tentação de pensar que sou melhor do que alguém, bastou recordar que fui capaz de torturar por dois dias um menino de doze anos para que delatasse os seus companheiros. Parece, de certo modo, com aqueles silêncios que às vezes se instalam nas famílias infelizes e que são muito piores que as brigas e as discussões escancaradas. Cada vez que Jerónimo começava a adormecer, entrava Amadeo Roque, sacudia-o até que despertasse, e, depois, eu entrava e perguntava *Onde estão os outros? Não vai me ajudar a encontrar meu filho?* A seguir, permitia que desabasse no chão, fingia que o deixaria dormir, e até acariciava a sua cabeça enquanto ele fechava os olhos, só para que, vinte minutos depois, Amadeo Roque entrasse outra vez para repetir a sequência.

Lembro-me do contato com a secura do cabelo de Jerónimo, a distância e a proximidade, a água e o óleo dos sentidos e da consciência. Com frequência, só de pensar em todas aquelas cenas, sinto uma repulsa tão grande que meu estômago fica revirado, mas a maioria das vezes só sinto uma espécie de obnubilação, sou incapaz de me esquivar da sensação de que o homem que fez aquelas coisas não era eu, e sim outra pessoa, alguém estranho a quem posso, ainda assim, reconhecer e até me lembrar de cada um dos seus sentimentos. E Jerónimo também era outro menino, não o adolescente que foi mais tarde, nem o jovem que eu visitava na cadeia, talvez nem sequer o menino real que vivera com o resto dos garotos e garotas, e sim uma espécie de força natural que eu tentava dominar. Mas, enquanto eu e o chefe de polícia pensávamos com a lógica do pragmatismo e do desespero, Jerónimo pensava com o instinto e a lealdade.

Muitos anos depois da morte das 32, li sobre um experimento biológico que consistia em pôr numa garrafa de cristal meia dúzia de moscas e meia dúzia de abelhas, e colocá-la horizontalmente com a base na direção de uma janela para ver quem conseguia escapar antes: as moscas conseguiam sair na direção oposta da janela, mas as abelhas morriam se debatendo sem parar contra o fundo da garrafa; não conseguiam acreditar que a saída estivesse em outro lugar que não aquele onde brilhava a luz. Aquelas abelhas fizeram com que eu me lembrasse do escândalo que me causou, durante esses dias, o fato de que Jerónimo nunca deixou de acreditar em mim. Eu não o entendia, é claro. Ele falava naquela língua que parece um trinado, repleto de expressões absurdas. Não deixou de acreditar que eu era quem o protegia e esse convencimento atingiu até a sua genética, arraigando-se como um vício muito poderoso. Eu era a luz contra a qual sua inteligência colidia. Cada vez que me via, sua expressão se suavizava. Se tivesse entrado naquela cela e contado a ele que o sol havia se apagado, ele acreditaria em mim. Entendo também agora (no fim, entender, mais do que um dom, é uma disciplina) que sua credulidade era algo tão monstruoso como a tortura à qual o submetemos durante aquelas quase quarenta horas. Talvez sua credulidade fosse a forma pela qual a natureza decidiu me castigar. Seja lá qual for o nome que minha imaginação dê a isso, não importam os anos que se passaram, continua sendo doloroso para mim.

Até que enfim ele cedeu.

Era questão de tempo, nós sabíamos, mas, quando aconteceu, ficamos tão surpresos como se tivéssemos presenciado um milagre. Ocorreu quarenta horas depois do início da tortura, quase no anoitecer do segundo dia. Entrei na cela e soube que algo tinha mudado. Jerónimo tremeu o lábio como se fosse gelatina e começou a pentear a sobrancelha com a ponta do dedo indicador, um gesto que me pareceu delicado e adulto ao mesmo tempo. Disse um par de frases naquela língua incompreensível e eu voltei a responder o mesmo de sempre; que não entendia o que estava me dizendo. Voltou a pentear a sobrancelha. O médico da delegacia havia nos avisado que, depois de algum tempo, o menino podia começar a ter alucinações, e aquele seria o sinal indiscutível de que sua saúde corria perigo. Por um instante tive medo de que fizesse algo imprevisível. Fui até ele e pus uma mão no seu ombro, mas ele a tirou no mesmo instante. Durante as últimas horas, tinha começado a sentir coceiras e tremia a perna com o nervosismo que às vezes os meninos têm nas provas.

Perguntei se estava com fome e, embora ele não tenha respondido, pedi que lhe servissem um sanduíche e um copo d'água. Comeu pela primeira vez com verdadeiro apetite, mas, cada vez que bebia, estava com uma expressão ausente, como quem busca dentro de si palavras que esqueceu. Houve uma fração de segundo que até pareceu ruborizar. Quando terminou de comer, levantou-se com calma, deixou o prato no chão e se aproximou da cadeira até a janela da cela que dava para a rua. Não me deixou que o ajudasse a subir e, quando enfim conseguiu, agarrou-se com as mãos nas grades em X da janela. Pediu que eu me aproximasse. Voltou a falar naquela língua incompreensível. Era quase um sussurro.

— Não estou entendendo, Jerónimo — repeti mais uma vez, sussurrando também.

Ele se virou para mim. Senti medo. Tinha umas olheiras quase violáceas com uma tênue cor brilhante. Parecia assombrado de me ver, de se ver, de estar em cima daquela cadeira, olhando através das grades.

— Onde estão os outros? — repeti.

Voltou-se de novo para a janela, apontou para o bueiro e, pela primeira vez em perfeito espanhol, sussurrou:

— Estão ali.

Assim como as pessoas que descobrem uma infidelidade, fui invadido pela sensação de que o passado estava repleto de sinais: aquele ruído no pátio que eu tinha atribuído a ratos, o lixo revirado na entrada do supermercado... Há certas coisas que só entendemos quando somos capazes de assumi-las, mas com frequência me pergunto se foi precisamente essa inteligência que boicotou os sinais mais claros de que as crianças viviam nos esgotos. Digo a mim mesmo que na cidade houve (*precisa* ter) pessoas que as viram e, apesar disso, não falaram nada. Muitas vezes obedecemos à moralidade ao nosso redor só porque a realidade é menos verossímil do que as crenças adotadas. E, afinal de contas, podemos acreditar tanto no que vemos — como costuma se dizer tão pomposamente — *com nossos próprios olhos*?

Evitamos a tentação de descer em massa para o esgoto porque, àquela altura, a possibilidade de acabar na cadeia era muito real se alguma das crianças acabasse ferida. E também havia um certo medo, um medo que perpassava tudo e que parecia um estado contíguo ao sono. Era tão puro que tínhamos a sensação de que os ouvidos zuniam. Convocamos um gabinete de crise e espalhamos sobre a mesa de Amadeo Roque o mapa da rede de esgotos. Todo o sistema tinha o formato de estrela e desembocava na parte leste da cidade, seis canais que confluíam em um grande desaguadouro no rio Eré. Não sabíamos exatamente onde as crianças estavam, mas deduzimos, pela altura e pelas dimensões dos túneis (que, em muitos trechos, tinham um metro e meio de altura), que só podiam estar em quatro pontos, todos próximos e interligados entre si, coincidentes com a trilha fluvial e a zona da praça 16 de Dezembro.

Mais do que inquietos, parecíamos entorpecidos. As ideias brilhavam pela sua ausência. Amadeo Roque sugeriu entrar diretamente pelas cloacas da prefeitura e algum insensato chegou a pensar em tirá-los com fumaça, asfixiando-os ali dentro com uma fogueira. Foi Alberto Ávila — um dos chefes do distrito da polícia — quem sugeriu selar todas as saídas do esgoto da zona T (o quadrante no qual supomos que eles se encontravam), entrar nos bueiros em pontos equidistantes de umas centenas de metros e percorrê-los até um só lugar cercado.

Muitos anos depois, soube, graças a Jerónimo Valdés, que acertamos só por acaso. Nas primeiras semanas em que viveram no esgoto, as crianças não habitavam aquele quadrante, e sim ao noroeste, o que também tinha a sua lógica: era o que estava mais próximo da selva. Segundo Jerónimo, o que os levou a se trasladar foi a morte de uma das meninas por picada de cobra. Confessou que, antes de se mudarem para a parte do centro, enterraram-na junto às ruínas da zona de piquenique com os ladrilhos soltos que encontraram por ali. Eu mesmo fui até lá, uma semana depois do fim de tudo, com o funcionário de serviços sociais e dois peritos do necrotério para retirar o cadáver, completamente a sós. Durante seis dias, a única coisa que aparecia na imprensa era aquela célebre foto dos 32 cadáveres das crianças sobre a trilha fluvial, de modo que ninguém se importou muito com aquele outro cadáver, tão extemporâneo. Encontramos o corpo no lugar onde Jerónimo nos disse. Era de fato uma menina, que não devia ter nem dez anos. Tinham enterrado ela em posição fetal para reduzir ao máximo a construção. Estava coberta com uma manta e cercada do que pareciam ser restos de comida e pequenos brinquedos. Os meses que passara enterrada ali e a umidade natural da selva tinham corrompido seu corpo de maneira irregular, cobrindo-o de manchas marrons e deixando umas partes misteriosamente intactas. Dentro do punho esquerdo tinha três bonecos Playmobil e, quando o perito os pegou para examiná-los, teve a inquietante sensação de ter cometido uma profanação. Havia um grande Z na testa e um rosto anódino ao qual a morte tinha conferido um aspecto ainda mais amuado. No tornozelo da perna esquerda, e de uma violenta cor preta, via-se o inchaço da picada que lhe causara a morte. Também ao redor da picada fizeram desenhos com canetinhas, uma espécie de arco-íris e estrelas que subiam pela sua perna até a barriga, onde alguém havia pintado um grande sol e tinha escrito o seu nome: Ana. A realidade da morte dessa menina, que desenterramos só uma semana depois da morte do resto dos seus companheiros, pareceu-me que se abria rumo ao interior de um lugar que nunca teríamos nos atrevido a explorar, nem se pudéssemos. Não era apenas um enterro infantil realizado por outras crianças, e sim algo tão incompreensível e real como a prova da existência de outra civilização. Outro mundo.

Finalmente optou-se pelo plano de Alberto Ávila.

Às dez da manhã do dia 19 de março de 1996, já tínhamos fechado com armadilhas cada um dos bueiros do perímetro no qual nós supúnhamos que estavam as crianças. O plano consistia justamente nisso: a consciência de estarem cercados os reuniria de maneira natural em um só grupo no subsolo, no ponto em que os canais confluíam, uma espécie de abóboda que, segundo a planta, tinha a forma de pentágono.

A batida começou às onze e meia de um dos dias mais quentes que lembro de ter vivido em San Cristóbal. A sensação térmica era de 38 graus e a umidade atmosférica de 87%. Era uma quinta-feira e a cidade estava em plena atividade comercial. Descemos no esgoto como se fôssemos técnicos da prefeitura, sem chamar atenção. Como costuma ocorrer, o que pareceria suspeito à noite, não o era em plena luz do dia. Nós nos distribuímos em sete grupos. Nossa comitiva tinha que percorrer um quilômetro e meio do canal Oeste e era composta de quatro agentes, uma auxiliar sanitária dos serviços sociais e eu mesmo. Em algum dos grupos havia familiares das crianças: Antonio Lara estava em um deles e Pablo Flores dirigia o grupo quatro, encarregado de percorrer todo o primeiro canal até a interseção onde supostamente encontraríamos todas elas e — se funcionasse o plano — as encurralaríamos. Acima dessa confluência, três patrulhas da polícia estavam à espera, assim como dois furgões do serviço social.

Quando desci pela escada, agarrando as barras, senti uma descarga violenta na ferida do braço e pensei com ódio em Jerónimo Valdés. Era a primeira vez que entrava num bueiro e, embora o odor não fosse agradável, era muito menos intenso do que eu imaginava, os canais estavam secos e mais ventilados do que se pensava e, embora tenhamos visto alguns ratos, eles provocaram mais diversão do que repulsa. Somos criaturas esquisitas, ficamos entusiasmados em ver o que sabemos que vamos ver. Carregávamos lanternas na mão e presas à cabeça, mas boa parte do tempo nem sequer foi necessário acendê-las: a luz entrava pelas sarjetas e produzia um efeito estranho sobre a galeria inteira, como se algo a iluminasse obliquamente com uma claridade lateral. As galerias que saíam para os lados (e que, segundo a planta, ligavam o nosso canal ao resto em uma espécie de grande teia de aranha) tinham placas de metal que informavam quais ruas ficavam na superfície. Foi debaixo de uma dessas placas que vimos o primeiro sinal das crianças; um enorme desenho feito com giz de um pássaro com as asas abertas. Do coração do pássaro saíam numerosas veias que percorriam as asas.

Pode parecer inverossímil, mas foi olhando para aquele pássaro a primeira vez que me perguntei se as crianças nos odiavam. Se nos odiavam como talvez só as crianças consigam odiar. E sabemos como é o amor infantil, mas, acerca do seu ódio, temos ideias básicas e muitas vezes erradas: pensamos que nelas esse sentimento se mistura com o medo, e portanto com o fascínio, e talvez por isso também com o amor, ou com uma espécie de amor, que o ódio nas crianças está composto de canais que unem uns sentimentos com outros e que há algo que as faz deslizar nesse sentido.

Durante anos perguntei a Jerónimo sobre aquela sensação de muitas maneiras distintas e evitando a palavra "ódio". Ele nunca respondeu diretamente. Não se tratava apenas de sua reticência em relação ao sentimental — a experiência acabou me dando pautas para que ele falasse de muitas outras coisas, mesmo quando não queria —, e sim de algo muito mais obscuro que aprendi a respeitar: o socorro. Compreendi que a intimidade das crianças parece um pedido de socorro. Alguém para diante do perigo e pede ajuda. Uma criança é forte, a outra, mais fraca, mas, ao contrário do mundo dos adultos, é a fraca quem ameaça, a forte permanece imóvel.

Foi aí que começou.

Nesse sentimento, nesse *lugar preciso*.

Talvez a única parte não desdenhável do documentário de Valeria Danas sejam as entrevistas com as vinte e seis pessoas que adentraram naquela "cidade secreta" — como alguns resolveram chamá-la — e da qual não restam mais imagens sem ser as da nossa memória. Teríamos prestado mais atenção se soubéssemos que só poderíamos observá-la por uns poucos minutos? Não tenho a menor dúvida.

Nosso grupo nem sequer foi dos primeiros a chegar. Quando entramos lá, já havia pelo menos dez pessoas emudecidas de surpresa. A sala era um pentágono de uns noventa metros quadrados por três metros de altura iluminado pela luz que entrava pelas quatro sarjetas. A primeira impressão foi prodigiosa. Por todos os lados havia centenas de pequenos pedaços de espelhos e de vidros incrustados nas paredes sem lógica aparente, gargalos de garrafas, restos de óculos, lâmpadas quebradas… faziam a luz rebater de uma parede para a outra como se fosse uma grande festa, com brilhos verdes, marrons, azuis, alaranjados, mas também uma frase codificada. Alguns vidros estavam apoiados em espécies de nichos, outros tinham sido incrustrados nas paredes do esgoto e havia inclusive um grande vidro azul que conseguiram prender diretamente em uma das sarjetas que projetava uma mancha azulada sobre todo o chão. A luz que entrava ao meio-dia naquela sala com certeza faria todos aqueles objetos brilharem de forma diferente do que às três da tarde. A frase luminosa tinha que mudar com o decorrer do dia, e dava a sensação de que toda aquela rede de vidros coloridos, fragmentos de espelhos, pedaços de lupa, garrafinhas, tinha sido montada de um jeito a criar formas muito específicas… em um reflexo parecia se enxergar um rosto, mas outro era claramente uma árvore, um cachorro, uma casa…

Por que, se admiramos tanto essas pinturas rupestres do amanhecer da consciência humana, não poderíamos admirar também, e pelos mesmos motivos, a impressionante decoração que as 32 construíram naquele esgoto de San Cristóbal? Se nossos ancestrais desenharam cavalos de oito patas para emular o seu movimento, ou bisontes aproveitando as concavidades da gruta, as 32 decoraram seus muros com algo muito mais intangível: com a luz. A quietude de todos aqueles objetos resplandecentes nos envolveu de uma maneira tão paralisante que, durante alguns minutos, permanecemos em silêncio. Lembro-me de quanto desejei estar sozinho naquele lugar que no momento me pareceu sagrado. Uma mulher, em uma das entrevistas, faz um comentário do qual sempre me lembrarei; quando passou a surpresa inicial, disse que foi invadida pela sensação de que toda aquela luz tinha sido construída com *meticulosidade e prazer*. Não dá para ser mais preciso. O prazer estava contido naquela estrutura luminosa como a gema dentro de um ovo. Era impossível pensar que as crianças fizeram aquilo por puro acidente, como se jogassem palavras recortadas no ar e esperassem que caíssem formando o início de um conto. E, de repente, havia também uma alegria, uma resplandecente e comovente *alegria* infantil.

Jerónimo nunca quis falar dos vidros. Só uma vez me confessou que ele mesmo tinha pendurado alguns e que, em certa hora do dia, não todos os dias, faziam uma brincadeira, mas não quis me explicar no que consistia essa brincadeira. Por algum comentário feito de passagem, deu a entender também que o projeto daquela catedral de luz foi totalmente "democrático". Não havia um cérebro na sombra, era mais um amor neutro e coletivo ao jogo, um "prazer", como comentou essa mulher no documentário. O resto dos comentários das testemunhas na entrevista é contraditório, e muitas vezes um pouco cafona. Alguns garantem que os vidros "tilintavam". Eu não me lembro de tal coisa. A maioria não estava pendurada nas paredes, mas incrustrada nelas, o que confirma a hipótese de Valeria Danas, quando diz que foi a orografia do esgoto que determinou a forma dessa peça luminosa, e não a criatividade das crianças, mas é sabido quanto Valeria Danas se esforça em negar a magia, até no que há de mais elementar. Já discordei daquela opinião quando a escutei pela primeira vez, e agora discordo muito mais. Com o passar dos anos, a lembrança ficou imprecisa em alguns aspectos, mas em outros tenho a impressão de ver com mais nitidez hoje uma espécie de figura, algo parecido a um retângulo que se desdobrava numa porta, uma forma simples não muito diferente da que Rothko repetiu tantas vezes em suas composições e que parecia deliberadamente construída. Talvez se tratasse de um mero acidente da orografia, mas tenho dificuldade em acreditar nisso. Aquela sala pentagonal coberta de espelhos e vidros e pedaços de lata e de óculos era o mais semelhante a um corpo que se pode imaginar. No interior desse corpo, como em um seio, viviam as 32. A ideia é tão simples que, em muitas ocasiões, tive a impressão de que me queimava.

Nem a disposição nem a altura daquele lugar respondiam a uma necessidade pragmática. Era verdade que ali confluíam muitos dos canos que distribuíam gás, e um dos mais importantes geradores da Zona Norte, mas isso não explicava nem sua forma pentagonal nem muito menos os numerosos nichos da parede. Durante anos se especulou se aquela sala tinha sido um antigo depósito construído para abrigar o material durante a construção do esgoto, algo que pelo menos explicaria os nichos-estantes. E muitos de nós estávamos tão obnubilados com os reflexos que nem sequer vimos aqueles nichos. Eram (são, porque continuam ali) mais de trinta, e cada um tinha um tamanho de um pouco mais de um metro e meio de largura por um metro de profundidade. As crianças os utilizavam para dormir de uma forma que parecia aleatória.

Que estranha república minuciosa que todas aquelas caminhas compunham. No documentário de Valeria Danas é possível ver uma imagem do lugar, mas completamente limpo, e muito depois dos incidentes, de modo que não resta nem sinal de vida das 32. Uma imagem enganosa, como são todas as imagens de casas vazias. São mais reais os comentários das testemunhas: algumas descrevem uma "colmeia desigual", outros — de forma mais certeira — falam que eram como as paredes dos sepulcros familiares. É verdade que o aspecto externo era como o de um columbário, ou daquelas caixas nas quais os linotipistas costumavam guardar os caracteres com os quais compunham os textos. Até a sensação de que em cada um deles dormia só uma criança era enganosa, as roupas estavam misturadas e muitas vezes pareciam pertencer a crianças diferentes. Era tão difícil acessar alguns daqueles nichos que não imagino como conseguiam subir sem se escalavrar, e em todos havia objetos espalhados, seus pequenos tesouros: chapas, pedras, doces, um broche, fechos de cintos... lembro-me de pouquíssimas coisas que vi, na memória tudo compõe um grande marasmo indeterminado. Só me restou a segurança de que essas coisas *estavam* ali, que foram separadas com lentidão, que estavam impregnadas do desejo das crianças. Jerónimo me disse certa vez que pararam de usar o dinheiro (nosso dinheiro) logo de início, mas que nunca deixaram de trocar coisas, pequenos objetos e favores. Talvez aqueles objetos espalhados fossem, na verdade, a moeda deles. As crianças tinham fugido com tanta rapidez de sua cidade que abandonaram até o seu dinheiro.

Mas como era a vida? Assim como às vezes entramos numa casa e temos uma intuição certeira acerca dos movimentos das pessoas que vivem nela, suas regras e leis, aquele lugar também parecia ter uma alma de movimentos. Percebia-se a simplicidade que era estar em um certo lugar (junto aos painéis dos canos, por exemplo) e sentir-se convidado a caminhar para outro (sob a mancha da luz azul que se projetava do teto). Por muitos anos, sempre que me recordava daquela sala na qual as 32 viveram, vinha imediatamente a memória de uma casa na qual passei parte de minha infância e cuja distribuição era circular, uma velha casa do povoado em que, para chegar à sala de jantar, era preciso atravessar — inexplicavelmente — um dos dormitórios. Minha mãe se queixava sempre de como era insensata aquela organização, mas, por algum motivo, nunca fez nada para mudá-la. Agora penso que não mudou porque aquela disposição era a mais natural para a casa, e, como era assim, nós acabamos nos moldando a ela. Algumas casas transformam seus habitantes em répteis, outras em homens, outras em insetos. Por mais improvável que fosse pensar que o arquiteto que tinha projetado aquele esgoto imaginasse que nele ia acabar vivendo uma comunidade de 32 crianças, aquele lugar também estava predeterminado, e as crianças acabaram se adaptando ao espírito que lhes foi imposto. Bastava entreabrir um pouco os olhos e fechá-los de novo para acostumá-los à escuridão para comprovar que aquela sala funcionava, na verdade, como um quarto gigantesco. Todos nós que estávamos ali havíamos chegado das brechas nas galerias e compreendemos tudo no mesmo instante, sem necessidade de alguém nos explicar, aquela sala era um enorme quarto quente. Uma dilatação. O corpo se abria para acolher o hóspede e, ao acolhê-lo, fazia-o viver a ilusão de que aquelas paredes de cimento eram, na verdade, elásticas.

Teve uma vez que Jerónimo me falou dos sons daquele lugar. Acabava de completar dezessete anos e ia ser transladado do centro de menores para uma escola técnica onde se supunha que ia estudar carpintaria. Tinha renunciado às visitas de sua família e pedira que me nomeassem o seu tutor legal. Eu não esperava esse gesto, e, quando ocorreu, comoveu-me tanto que fiquei contente de não ter sabido disso em sua presença, porque a minha vista chegou a turvar. Jerónimo tinha se tornado um adolescente mais ou menos bonito, mas era tão calado que o seu mutismo gerava uma hostilidade inevitável entre todos ao seu redor. Às vezes era violento, e suspeito que sua vida no internato não foi exatamente fácil, mas nunca se queixou de nada. O carma de ser o único sobrevivente das 32 fora tão pesado de início que acabou se acostumando à solidão. Quatro anos depois da morte das 32, continuava desconfiado. Lembro-me de que aquele dia dei de presente a ele uma pequena navalha que encontrara em um mercadinho, uma antiguidade meio tosca com a base no formato de uma mulher. Sabia que não era possível dar aos rapazes do internato esse tipo de objeto, mas Jerónimo não era um rapaz normal, e a minha relação com ele, muito menos. Ficou fascinado. Ficou olhando para aquela escultura tão tosca como se estivesse hipnotizado por uma sereia de latão em miniatura. Lembro-me de que nos sentamos em um dos bancos do centro de menores e que ele ficou cravando a navalhinha na madeira. Foi a primeira vez que falou dos sons daquele lugar. Não fui eu quem perguntou (apesar de ter feito essa pergunta centenas de vezes, e ficado sem resposta), e me disse que algumas noites, quando dormia junto ao resto das crianças naqueles nichos, parecia que uma voz rouca falava com ele, a voz de um monstro. Não me lembro de suas palavras exatas, mas sim da impressão que lhe causava escutar essa voz: explicou que era como um rosto sem contornos definidos, mas com uma boca muito clara e uns bigodes longos e finos. Uma boca real. Disse-me também que aquela voz era escutada pelas outras crianças, e que todos tinham medo dela. *Ela te acordava no meio do sono e te dizia coisas*. Perguntei que coisas, mas não me respondeu. Perguntei o que faziam quando ficavam com medo, e ele me respondeu que ficavam juntos e se contavam histórias. E era isso.

A revelação daquele medo transtornou por completo a minha lembrança daquele dia. Da mesma maneira que, em retrospectiva, pensamos em como olhamos ou interagimos com alguém que estava a ponto de se divorciar ou de morrer sem que soubesse, e de repente sentimos como a lembrança do seu rosto se enche de sinais claros, eu me lembrei de como foi aquela transição, a que surgiu quando vi a palavra PUTA escrita com giz em um daqueles nichos. Recordei ao falar com Jerónimo quatro anos depois. Recordei que alguns travesseiros ainda tinham a sombra de uma cabeça infantil, e que outros pareciam ter sido revirados em busca de algo. Lembrei-me de que o ar tinha um intenso aroma ácido, de comida estragada, cigarros, e que, para evitar a releitura daquela palavra, olhei de novo para cima, para a luz, e tentei reconstruir a figuração de uma garota, um garoto, perdidos na claridade desses reflexos, umas crianças impressionadas pela beleza e pela desordem e pela escuridão e pela maravilha. Mas a palavra era insistente demais. Durante um segundo, tive a impressão de sentir tudo: pensei ver sua presença como uma fulguração e também a trovejante liberdade daquele lugar que parecia ter sido construído para elas antes da criação do mundo. Vi como as coisas começaram como se fosse um jogo, talvez em algumas daquelas esquinas nas quais ainda restavam brinquedos que com certeza foram roubados de algum pátio, ou talvez trazidos de suas próprias casas. Aquele mundo artificial, coberto de milagres, revelações e camaradagem. Pus a mão sobre um dos nichos e comprovei que duas crianças haviam dormido abraçadas sobre ele. Ainda se podiam ver as formas curvas que seus corpos deixaram e a inclinação da cabeça de uma que se apoiara nas costas ou no ombro da outra. Duas crianças compartilharam aquele nicho e depois adormeceram com os olhos abertos, fixos nos vidros que provocavam reflexos com forma de cão, de árvore, de casa.

Mas se alguém tinha escrito a palavra "puta", é porque também houve o amor, a suavidade de uma pessoa exigia a brutalidade do outro, pensei, tentando respirar. Sentia necessidade de me aferrar a esse pensamento como a uma tábua de salvação. E, se houve o amor (não importa sob que forma), algo havia permanecido intacto. O amor físico, o amor de camaradas, o amor sexual nas suas formas primitivas, desajeitadas e com certeza de experiência, deve ter existido ali, não era a palavra "puta" a prova mais indiscutível disso? Agora já não sabia mais o que pensar. Sentia-me como uma pessoa que deixou cair algo de muito valor — um anel, um diamante — nas dunas da praia e vai abrindo aqui e ali a areia com os dedos com tanto desejo de encontrar que pensa que o menor brilho é o anel, mas não. Com o passar do tempo, sem encontrá-lo, repreende-se justamente pela sua busca, porque foi a busca que provocou a perda, se não tivesse mexido na areia com os dedos, não teria submergido até se tornar irrecuperável. A expressão fixa e melancólica daquela palavra invadia também esse gesto de amor, transformava-o em algo ensimesmado e ausente. A palavra "puta" volatizava tudo, por isso não podia evitar ficar remexendo insistentemente nela. Houve um momento — eu sabia, com uma certeza que me assustava — em que as crianças estiveram ali sem que essa palavra tivesse sido escrita na parede. Ao olhar para cima, os dias deviam ser lentos, mas também contidos, enquanto os carros passavam de um lado para outro (porque os carros passavam sobre os bueiros fazendo as sombras girarem por toda a sala, dando àquele lugar a impressão de um piscar de olhos), mas a palavra "puta" volatizava tudo, aquele PUTA em espanhol escrito por uma mão infantil, que tremia, o P menor que o U, o A com uma das pernas um pouco fechada para dentro.

Dirão que estou exagerando. Sobre a palavra "puta", havia algo parecido com um catre. E, sobre esse, uma sombra, a sombra de uma presença um pouco maior que as outras, quase da altura de uma adolescente. E uns tênis brancos, ou que foram brancos, e uma camiseta verde com umas borboletas, de tecido grosso. (A camiseta da puta, pensei, os tênis da puta.) A palavra "puta" era o lugar onde as crianças tinham se perdido, o espaço no qual se rompeu essa comunidade. O que pensaram essas crianças? Que não iam se perder só pelo simples fato de serem crianças? E lá estávamos nós, os adultos, percorrendo aquele lugar ensimesmados, sem trocar palavras entre nós, olhando para cima ou para baixo, nos agachando sobre as roupas amontoadas, os restos de latas, sentindo essa angústia que já era totalmente inevitável, porque fracassaram e não podíamos fazer nada quanto a isso.

Alguém começou a chorar desse jeito grosseiro que é o pranto de um adulto que sente que as causas estão perdidas. Ninguém se preocupou em consolar essa pessoa; todos estávamos ensimesmados demais. Foi quando dei meia-volta e me deparei com Antonio Lara. Estava com uma camiseta azul na mão, que agarrava com tanta força que pensei que só podia ser do seu filho.

— Não estão aqui — disse.

Mas não falava comigo. Negava para não ter que acreditar, só para que viesse a realidade e dissesse: é mentira. Não era o único pai. Pablo Flores, Matilda Serra e Luis Azaola também estavam lá, os pais das crianças que desapareceram durante a reunião na praça Casado. Era fácil reconhecê-los, porque, ao chegar ali, procuraram uns aos outros e caminhavam como um grupo compacto, revirando as roupas e os objetos deixados nos nichos.

— Não estão aqui — repetiu. Depois, sem parar de me olhar, gritou: — Antonio!!

Gritou "Antonio" com todas as suas forças, e houve um silêncio oco que gelou o nosso sangue. A seguir, agachou-se e num buraco minúsculo, um buraco pelo qual só poderia passar um gato, voltou a gritar "Antonio!!". Pablo Flores, que estava ao seu lado, gritou "Pablo", e depois uma mulher gritou "Teresa". A partir daí, esses três gritos passaram a se confundir; Antonio, Pablo, Teresa, talvez mais algum nome. Eu mesmo comecei a gritar também. Não acho que ninguém pensava que iam aparecer dessa maneira, mas gritar produzia um efeito libertador e reconhecível, esse era o nosso idioma, a nossa lógica. Os nossos gritos pareciam gritos de terror. Foi quando compreendi, ou foi depois? Houve um espaço estranho. Talvez tenham se passado só alguns minutos. Nós nos levantamos e continuamos a busca, saímos pelas galerias por onde viemos e voltamos a entrar. Começaram outra vez os gritos. Depois voltou a se fazer silêncio. Um silêncio cansado, neutro, parecido com o que os astronautas no espaço devem sentir, distante da vida dos homens. Só se escutavam o barulho elétrico de uma espécie de contador e o som marítimo dos carros que passavam sobre nossa cabeça. Procurei por Antonio Lara e o encontrei sentado, tapando o rosto com aquela camiseta.

Fiquei surpreso ao olhar o relógio; estávamos fazia quase uma hora e meia ali encerrados. Parecia que íamos continuar ali a vida toda, quando Amadeo Roque se ergueu, apoiando-se em um dos nichos, e gritou que tínhamos todos que sair dali, que tinha sido informado pelo rádio que havia uma anomalia na pressão dos canos e que poderia ser perigoso. Ninguém se mostrou reticente. Em alguma das entrevistas, falam que tiveram que arrastar alguns dos pais, mas isso está longe da verdade. E mais, quase me atreveria a dizer que alguns deles foram os primeiros a sair. Fizeram isso com uma tristeza lenta e vacilante, e lembro-me de que, ao abrir os quatro bueiros que estavam sobre a nossa cabeça, a intensidade da luz fez com que nos cobríssemos, como se um espírito maligno tivesse nos roubado a tolerância ao sol.

Eu fui um dos últimos. Já estavam quase todos do lado de fora quando se ouviu aquele estalo. E, depois do estalo, uma voz nervosa, depois um assovio e, após o assovio, inequívoca, a explosão, uma explosão que fez o chão tremer como a pele de um tambor.

A água do rio Eré não é sempre marrom. Em certos dias de muito sol (e suponho que dependendo também de outras questões que não saberia dizer quais) pode chegar a ter uma bela cor esmeralda. Muitas pessoas gostam de acreditar que no dia em que as crianças de San Cristóbal morreram afogadas a água era dessa cor, mas sei, com bastante certeza, que quando saímos do esgoto com o coração na boca e pensando que íamos morrer eletrocutados, o que aconteceu às nossas costas foi uma enorme regurgitação marrom e espessa. A água do Eré é como a terra se mexendo, e há uma bonita fábula Ñeê que garante que um dia — cansada de ver sempre a mesma paisagem — a terra começou a caminhar e assim nasceu o rio.

Há muitas pessoas que garantem ter ouvido os gritos das crianças. Eu estava ali e não posso dizer o mesmo. Sei o que, a essa altura, todos já sabem: que ficaram presas na galeria inferior na qual estavam escondidas para fugir de nós e que foram justamente elas, com seu peso, que romperam a eclusa que provocou a inundação. Deslizaram através de um canal de pouco mais de quarenta centímetros até um antigo depósito do qual se enxergava a sala onde estávamos. Elas nos viram. É difícil se libertar dessa sensação, a de que as crianças ficaram nos olhando sem falar nada esse tempo inteiro. É como sentir a pressão de uma mão muito depois que a pessoa já tirou a mão. Talvez fosse o bastante que tivéssemos ficado em silêncio por uns segundos para escutar seus murmúrios, mas fomos muito barulhentos com nossas exclamações de surpresa e nossos gritos de angústia. Sei que alguns pais — Pablo Flores entre eles — afirmaram, em algum momento, que "sentiram" esse olhar. Não posso dizer o mesmo. Não senti naquele momento, é agora que eu sinto, embora mais como um juízo ou como uma prorrogação, como um segredo. De início, chegou a me dar medo, depois isso mudou, até se transformar num olhar protetor, sentimental e difuso. Com frequência sou tomado por uma sensação impossível: a de ver a mim mesmo naquele lugar, impressionado pelos reflexos dos vidros coloridos, como se por um instante pudesse me observar através dos olhos delas.

Mas a imagem das crianças se afogando todas juntas naquela água marrom continua sendo difícil de aceitar. Depois de uma semana de investigação, os peritos concluíram que a inundação foi tão rápida que as crianças não tiveram tempo de chegar ao andar superior. Tentaram retornar pelo lugar de onde tinham vindo, mas a entrada era tão estreita e a pressão da água tão forte que nem sequer conseguiram se aproximar. No relatório forense, afirma-se que demorou entre oito e dez minutos para que morressem afogadas. A água do Eré primeiro encharcou o pulmão das crianças, e dali, por osmose, introduziu-se na circulação sanguínea delas. Na minha ignorância, sempre achei que a morte por afogamento ocorria nesse momento, não sabia que, na verdade, o que a provoca é a mescla com o sangue, a água liquefaz e estoura as células. Essa imagem das células estourando me perturbou por muito tempo, mas logo acabou extinguindo-se também, como tantas outras coisas que me perturbaram na vida: a imagem rígida e assustada da última respiração de Maia, o dia em que encontrei a menina e Antonio Lara sentados num café, conversando, ou a primeira vez que uma mulher me disse que me amava depois da morte de minha esposa.

Mesmo no terreno da confidência mais íntima há sempre um espaço de resistência, algo que não se confessa, um gesto ou um sinal pequeno no qual se concentra o que não revelamos. Tento pensar agora no que a cidade de San Cristóbal não chegou a entregar nunca às 32, apesar da estátua (espantosa, como não poderia deixar de ser) que erigiu em honra a elas na praça 16 de Dezembro, das homenagens na imprensa que foram feitas pontualmente nos cinco primeiros anos de cada dia 19 de março, e agora só a cada data redonda (dez, vinte anos), e das dezenas de publicações, documentários, obras de arte nas quais se filtraram igualmente o sentimento de culpa, a cafonice e também uma boa dose de verdade.

Não me estranha que Jerónimo Valdés não quisesse falar nunca do assunto, nem que depois de duas ou três passagens pela prisão um belo dia resolvesse deixar tudo para trás e partir sabe-se lá para onde. Muitas vezes pensei que, quando o encontrei na selva, ele também estava fugindo das outras crianças, e que a fuga e a violência estavam em sua natureza como está na natureza do Eré arrastar tudo o que encontra pela frente. Há, não obstante, algo que persiste, uma espécie de música. Às vezes me invade no meio da rua, quando retorno para casa muito tarde ou quando saio para dar um passeio com a velha e trôpega Moira, sinto-a como se atravessasse o solo, pelos pés, como se o murmúrio das conversas e segredos das 32 ainda vibrasse debaixo de nós. Mas logo em seguida até mesmo essa sensação se extingue. Talvez os mortos nos traiam ao nos abandonar, mas nós também os traímos ao viver.

Grafia atualizada segundo o Acordo Ortográfico da Língua Portuguesa de 1990, que entrou em vigor no Brasil em 2009.

capa
Luciana Facchini
imagem de capa
Regina Parra
preparação
Manoela Sawitzki
revisão
Huendel Viana
Valquíria Della Pozza

2ª reimpressão, 2022

Dados Internacionais de Catalogação na Publicação (CIP)

Barba, Andrés (1975-)
República luminosa / Andrés Barba ; tradução Antônio Xerxenesky. — 1. ed. — São Paulo : Todavia, 2018.

Título original: República luminosa
ISBN 978-85-88808-44-7

1. Literatura espanhola. 2. Romance. 3. Literatura contemporânea. I. Xerxenesky, Antônio. II. Título.

CDD 863

Índice para catálogo sistemático:
1. Literatura espanhola: romance 863

Bruna Heller — Bibliotecária — CRB 10/2348

todavia
Rua Luís Anhaia, 44
05433.020 São Paulo SP
T. 55 11. 3094 0500
www.todavialivros.com.br

fonte
Register*
papel
Pólen soft 80 g/m²
impressão
Forma certa